卫东　吴志学◎著

青青语丝

四川大学出版社

图书在版编目（CIP）数据

青青语丝 / 吴卫东，吴志学著 . — 2版 . — 成都 ：
四川大学出版社，2024.3
　ISBN 978-7-5690-6647-0

　Ⅰ . ①青⋯ Ⅱ . ①吴⋯ ②吴⋯ Ⅲ . ①中国文学－当
代文学－作品综合集 Ⅳ . ① I217.1

　中国国家版本馆 CIP 数据核字（2024）第 030020 号

书　　名：青青语丝
　　　　　Qingqing Yusi
著　　者：吴卫东　吴志学

选题策划：张伊伊
责任编辑：张伊伊
责任校对：毛张琳
装帧设计：墨创文化
责任印制：王　炜

出版发行：四川大学出版社有限责任公司
　　　　　地址：成都市一环路南一段 24 号（610065）
　　　　　电话：（028）85408311（发行部）、85400276（总编室）
　　　　　电子邮箱：scupress@vip.163.com
　　　　　网址：https://press.scu.edu.cn
印前制作：四川胜翔数码印务设计有限公司
印刷装订：成都金阳印务有限责任公司

成品尺寸：148 mm×210 mm
印　　张：12.25
插　　页：1
字　　数：298 千字

版　　次：2018 年 5 月　第 1 版
　　　　　2024 年 5 月　第 2 版
印　　次：2024 年 5 月　第 1 次印刷
定　　价：58.00 元

扫码获取数字资源

四川大学出版社
微信公众号

前　言

本书收录了寒乡（吴卫东）、沸腾（吴志学）父子二人的诗词、散文、剧本作品。

诗词部分，包括游记篇、景物篇、咏史篇、怀旧篇、情怀篇、励志篇等，是作者寒乡十余年来在工作之余所写的，其中有对人生的感悟、对河山的赞美、对故乡的思念，也有情感的独白。这些作品描绘了秀美的祖国风光与域外风情，表达了作者对故乡的思念，体现了作者对亲人、校友纯真的情感，也体现了他对人生的探索与思考。

散文体书信《父爱，我人生的指路明灯》，通过对父亲人生经历与个性特点的描述，表达了对父亲的热忱赞赏与深切怀念。

沸腾所著的2篇散文，《骨气》描写了家犬"白者"的忠诚与神勇，表现了主人对它的赞赏与怀念之情；《彪蛇斗恶猫》通过描写蛇与猫的缠斗，妙趣横生地展现了猫的灵敏与蛇的凶残，文章生动形象，刻画细腻。

沸腾所著的剧本《三代红》讲述了川北老区王长寿一家三代八人1933年至1956年真切感人、悲喜交集的革命斗争故事，叙述了他们为国为民英勇战斗、忘我工作、鞠躬尽瘁的高尚品格，表现了王长寿一家三代忠于信仰、献身革命的崇高精神，歌颂了我党领导的革命斗争的光辉历史。

沸腾、寒乡所著的神话故事《双凤出家》，根据北宋陈

时委与秦香莲的故事改编，谴责了陈时委的忘恩负义，描写了秦香莲母子报效国家、铲除奸邪的爱国热情，昭示了正义必胜、邪恶必败的真理。

目　录

目录

目　录

5

中篇　散文（吴卫东　吴志学）

『上 篇』

诗词（吴卫东）

赞绵州仙海湖

丙戌仲春某日，余至绵州招贤，得暇偕友二三畅游胜景仙海湖。是湖去城十里，依山逶迤蜿蜒，沿途风光旖旎，宛若世外桃源。湖中有岛数座，岛上青松葱郁，林间百鸟唱鸣。湖面碧波万顷，波澜不兴，静影沉璧。远望青山隐隐，雾霭瞑瞑，近看游舟争渡，仙鹤竞飞。游斯湖也，则有心旷神怡、荣辱皆忘之感，不禁诗从中来，聊记以助数人之雅兴耳！

一赞仙海湖

涪江圣水米天地，
绵州风光别样殊。
最爱绝景在何处，
十里烟波仙海湖。

二赞仙海湖

十里乡土十里风，
疑是瑶池九天落。
青峰隐隐滴翠绿，
碧水悠悠舞仙鹤。

三赞仙海湖

数峰中断柏路开，
苍松翠柳扑面来。
满山青绿看不够，
湖堤两岸起雾烟。

二〇〇六年五月八日

赞三峡大坝全线修建成功

苦战三千昼，
三峡铁坝矗。
斥资千亿币，
移民百万户。
堤横两公里，
锁御千年污。
泽田万万亩，
供电亿亿度。
神女当惊羡，
盛世丰碑图。
高峡展平湖，
中华世界殊。

二〇〇六年五月二十日

上篇　诗词（吴卫东）

5

五言古诗·夜思

暮重月影远，
夜深露华浓。
独坐更漏残，
犹未读破愁。

二〇〇六年六月八日

忆秦娥·过山城怀同窗学友

别匆匆，
昔年同窗各西东。
各西东，
音书断绝，
数逢梦中。

度尽劫波心如海，
历经磨难志若松。
志若松，
沧桑巨变，
往事随风。

二〇〇六年六月十日

七言·暮春

昨夜凄风入清梦，
几许迷离烟雨中。
落红纷飞不解语，
断魂悠悠向瑶官。

二〇〇六年六月十三日

西江月·山城怀旧

当年未许春情，
苦恨愁白双鬓。
烟重水茫音尘绝，
月伴孤鸿只影。

忍看落红纷纷，
低眉相顾频频。
鸳梦不圆夜难明，
无语鸟飞惊魂。

二〇〇六年六月十五日

无　题

风雨如晦三十年，
历经磨难岁弥坚。
平生不展鸿鹄志，
壮志未酬枉称贤。

二〇〇六年八月十五日

五言怀旧杂诗三首

其一

寂落守孤室，
夙夕起静思。
鬓丝白几许，
唯有明月知。

其二

人生不相见，
倏忽三十年。
一句乡关语，
涕泗落君前。

其三

自是故乡别，
音书两茫茫。
山月不解语，
终宵劳梦想。

二〇〇六年八月二十二日

11

游柳公祠偶题

千里乘兴游桂州，
但怀悲绪与古同。
流溪悠悠不解语，
垂柳依依偎落红。

外一首

自古圣贤偏寂寞，
看淡名利若浮云。
退居慎独修真性，
千秋盛传韩柳文。

二〇〇六年八月二十六日

竹海拾韵

蜀南长青竹，
经冬复历春。
连杆滴翠绿，
清流唱韶音。

江城酿玉液，
浓香飘百年。
七贤流觞饮，
醉卧竹林乡。

竹节本无心，
根深叶正茂。
气节堪称羡，
斗雪又傲霜。

二〇〇六年十月二十八日

游青城后山偶题

道家有仙山，
缥缈云海间。
苍茫横百里，
峻峭薄九天。
浓荫托福地，
青幽满庭园。
胜景频频看，
盘桓不忍还。

二〇〇六年十一月四日

增字如梦令·夜思

昨夜月影蒙蒙，
念君悠悠入梦。
软玉温香轻拥，
细数鬓丝，
却怜故人独瘦。
醉矣！醉矣！
醒来枕衫湿透。

二〇〇七年三月十二日

杨柳枝·诉衷情

近日偶读宋词，有感而作

永夜春闺思寂寥，
梦迢迢。
孤灯薄衾轻烟绕，
头轻摇。

偏忆伊人何处寻？
音尘渺。
更闻窗外雨滴滴，
恨难消。

二〇〇七年三月十三日

七言·夜半偶语

十年风雨两茫茫，
音鸿绝断自难忘。
别远最忆月圆时，
梦醒犹恨归路长。
关河万里春不度，
夜半独酌倍凄凉。
此情无计可消除，
终宵辗转添惆怅。

二〇〇七年三月十三日

咏 梅

寂寂寻春归，
融融春来迟。
百花盛开日，
寒英独谢时。
暗香犹拂面，
零落化尘泥。
造物心似铁，
何忍舍梅枝？

二〇〇七年三月十九日

锦城春雨

锦城春雨濯轻尘，
远山含黛柳条新。
何当共解登临意，
遥望他乡忆故知。

二〇〇七年三月二十日

西江月·雾漫锦官城

雾漫锦官新城，
长空隐隐层宵。
思君黯然损柔肠，
孤魂悠悠独飘。

梦回玉宇琼瑶，
且欲醉眠芳草。
落红依依逐流影，
鹃啼声声春晓。

二〇〇七年三月二十一日

春耕图

薄雾漫天际，
高树挂清霜。
野旷添真趣，
田园赏花香。
莫言君行早，
农夫锄禾忙。
不怨春作苦，
但祈秋收旺。

二〇〇七年三月二十三日

观武侯祠

汉宫杳杳归沉寂，
锦柏森森藏古祠。
隆中神算天下定，
两朝辅佐三国立。
联吴抗曹算妙计，
黩师北伐穷国力。
名相识才终有失，
今人治蜀须慎思。

二〇〇七年三月二十八日

浣溪沙·重游果城

弱冠奋翼出乡关，
豪情未谙仕途难。
不堪回首忆当年。

风雨如晦整十年，
故地重游今又来。
笑看花繁桃李园。

二〇〇七年四月四日

忆江南 · 果州好

果州好，
烟雨历千年。
巍巍白塔倚绝壁，
淼淼碧水映阆苑。
绮丽如画卷。

果州好，
千秋多俊贤。
继往开来绘宏图，
砥砺奋进谱新篇。
盛世胜空前。

二〇〇七年四月五日

五言·野乡晨曦微

野乡晨曦微，
绿树披霞妆。
春浓眠不足，
云淡鸟飞唱。
彻晚意难适，
终宵梦荒唐。
惆怅何忍归，
天地独缥缈。

二〇〇七年四月十二日

五月偶题

烟笼锦水月弄花，
灯烛交辉映酒家。
梦游巫山寻瑶草，
魂入云海走天涯。

二○○七年五月三十日

读李煜词《相见欢》有感

林花谢红太匆匆，
朝随急雨夜乘风。
琼浆醉客几时浓？
人生长恨水流东。

功名博来皆虚幻，
转疑沧海尽成空。
沉浮兴衰多少事，
且付笑谈烟云中。

二〇〇七年六月十二日

27

五律·人民公园偶题

蜀都有佳园，
宛然在城西。
古院曲径绿，
绿塘浮萍青。
草坪热街舞，
密林飘琴音。
品茗且谈笑，
惬意托夏荫。

二〇〇七年七月五日

七言·登东岳泰山

游子踏歌向东行，
豪兴夜半登泰山。
道狭人稠光影乱，
风狂雨急单衣寒。
险峻逶迤十八盘，
壁立千仞通南天。
题词赫赫刻奇石，
茂林森森藏庙观。
金日一轮才捧出，
万道霞光破雾来。
绝顶极目群峰小，
五岳称首四海传。

二〇〇七年八月二十日

上篇 诗词（吴卫东）

七言·诗题茂县古城

九峰峻峭乱云低，
宝顶深沟遍珍禽。
郁郁青山藏灵药，
滔滔江流储电能。
茂汶果香飘四海，
叠松遗迹铄古今。
激越莎朗筛糠舞，
苍凉羌笛咂酒醇。
石砌碉楼巍然在，
黑虎羌寨古风纯。
改革欢歌频唱颂，
放眼茂州万木春。

二〇〇七年九月二十八日

诗题米亚罗

川西明珠米亚罗，
风光且看毕棚沟。
红叶纷披湖光美，
雪岭嵯峨万壑幽。
东方古堡①显神奇，
地下暗河流千秋。
最爱藏羌风情舞，
归来温池洗烦忧。

二〇〇七年十月二十八日

---

① 羌寨桃子坪，建筑奇特，被誉为"东方古堡"。

五言·唐家山堰塞湖治洪成功

强震遗大害，
古堰闹洪荒。
泄污三华里，
积水两亿方。
溃决毁房舍，
黎民遭祸殃。
吾党令旗指，
千军鏖战强。
抢拼廿余日，
筑堤竖铜墙。
奇功追大禹，
水魔俯首降。
举世俱叹服，
抗灾谱华章。

二〇〇八年六月十日

雁城九曲河咏

悠悠九曲水，
蜿蜒向东收。
清溪浮浅草，
微波荡渔舟。
翠柳绕堤岸，
廊桥跨芳洲。
店家客喧笑，
车马竞川流。
霓虹①当空舞，
乐雅似仙游。
田垄何处似，
梦寻桃源柳。

二〇〇八年七月二十二日

---

① 霓虹，指河面五色彩灯闪耀。

七绝·贺教师节

三尺讲坛授业忙，
呕心沥血育栋梁。
不负终日勤耕苦，
迎来满园桃李香。

二〇〇八年九月十日

秋别友人

寒冰起秋末，
别君意如何？
故园花正黄，
鹃鸟泣离歌。
挥手断柔肠，
恐疑风雨多。
不堪月伴影，
夜半对星河。

二〇〇九年九月二十五日

上篇　诗词（吴卫东）

35

五言·过青莲太白故居偶题

本自陇西生，
实为蜀中人。
童诗惊四座，
弱冠著奇文。
斗酒赋百篇，
高吟干霄云。
雅志不入仕，
圣名传古今。

二〇〇九年十月二十四日

五律·杭城秋咏

　　秋晨早起，沿杭州星都宾馆外古新河畔散步。雨后街道清新，万物如洗。水面涟漪轻漾，垂柳青青，众鸟娇鸣。河畔曲径蜿蜒，落叶缤纷，秋色若锦。凉风吹拂，感从中来，于十八步内草就一篇，以之录记此情此景。

古河微澜起，
垂柳沐雨青。
叶落竹径黄，
鸟鸣柳塘深。
名都千年事，
沉浮入风云。
莫道西风紧，
休闲看杭城。

二〇〇九年十一月二十七日

七言·贺二姐 50 寿辰偶题

平生固然坎坷多，
难得糊涂最快活。
且喜亲朋常关爱，
更有贤夫伴君乐。

二〇〇九年十一月二十九日

七言·观恭王府题句

才比潘安帝垂青，
富敌数国举世稀。
倘把私财做官禄，
外寇焉敢辱大清。

二〇〇九年十二月二日

读陆放翁词《钗头凤》有感

花飘零，
朔风烈。
长空黯黯寒秋月。
雁过矣，
琴音涩。
相见何期，
愁肠千结。
别！别！别！

恩未断，
情不灭。
庭院折柳空悲切。
景如昨，
心滴血。
山盟犹在，
锦书难阅。
绝！绝！绝！

二〇一〇年一月二十三日

农历庚寅年"三八"贺语

捧一束鲜花，
穿越冬日的寒气；
献一杯清茶，
盛满初春的暖意；
道一声辛苦，
浸透柔柔的温馨；
送一个祝福，
凝结深切的关心：
节日快乐！
好运连连！
幸福多多！

二〇一〇年三月七日

赤水河咏

　　庚寅仲春，率团赤水河漫游。集四十人，历二日程，行七百里，过两省市，观赤水瀑，吃苗家菜，喝黄米酒，烤山羊肉，跳竹竿舞，品球溪鱼。纵情山水，复归自然，醉煞人生，夫复何求？赋诗记之，聊博一哂。

边城风景未曾谙，
千川万洞藏深山。
清溪流韵碧如黛，
翠竹含苞刺蓝天。
一帘飞瀑从天下，
珠玉翻腾入龙潭。
不信前路无通途，
游车穿云心更宽。

二〇一〇年四月十七日

春雨夜思

夜阑细雨浸新枝，
落叶轻舞惹相思。
何当剪烛西窗下，
最怜伤春断肠时。

二〇一〇年四月二十五日

好想有个港湾

好想有个港湾，
曾穿越大海的惊涛骇浪，
短暂的停歇，
再扬满理想的风帆。

好想有个港湾，
曾搏击天空的风雨雷电，
安宁的栖息，
再翱翔碧蓝的长天。

好想有个港湾，
曾体尝旅途的艰辛困倦，
温馨的驻留，
再站在更高的起点。

好想有个港湾，
曾历经人生的曲折坡坎，
静寂的休憩，
再驶向更远的航线。

二〇一〇年十月二十八日

冰，是沉睡的水

也许，你在暗夜中沉睡太久
也许，你在地层下埋藏太深
日复一日，经年累月
积雪掩埋了你的能量
岁月销蚀了你的灵性
风暴撕裂了你的梦想
可你仍是水呀
冰，是沉睡的水
天空是你宽阔的新房
大地是你温暖的嫁床
高山是你忠实的伴郎
大海是你母亲的怀抱

冰，是沉睡的水
水，是流动的冰
你是一瓣一瓣的雪花
你是一滴一滴的露珠
你是一丝一丝的薄雾
你是一串一串的雨滴

冰，是沉睡的水
水，是流动的冰
水是火热的心
水是鲜红的血
水是一个故事
水是一段情
水是一个梦
水是诗
水是画
水是魂
水，是流动的冰
冰，是沉睡的水

你是水，有对江河的追求
你是水，有对大海的眷恋
你是水，有对春天的向往
你是水，有对太阳的期盼
你是水，有对彩虹的深情
你是水，有对生命的释诠

当万物复苏，春回大地
当草长莺飞，百花含放
当阳光普照，冰雪消融
你从沉睡的梦中苏醒
渐渐睁开你的双眸

轻轻舒展你的藕臂
慢慢活动你的躯体
张开你嘹亮的歌喉

对着天空
对着大地
对着万物
对着黎明的太阳
快乐地欢唱

悄悄地，召集了颗颗雨滴
渐渐地，汇聚成涓涓细流
你召唤合作的同伴
挣脱捆缚的索链
冲破尘封的寒冰
穿透漫漫的黄沙
汇入咆哮的江河
奔向无垠的大海
回归母亲的怀抱
圆你一生一世的梦想

此时，水不再是冰
冰已化为水
冰与水
水与冰

冰即是水

水也是冰

水，是流动的冰

冰，是沉睡的水

二〇一〇年十一月一日

七言·题蒋氏故里

题玉泰盐铺①

瑞元②本非读书郎，
心存志高纵轻狂。
展翼翱翔径东去③，
一世功名费评章。

题文昌阁

中正原来书法强，
美龄尤擅画西洋。
结成旷世蜜月史，
和谐琴瑟奏文昌④。

二〇一〇年十二月十日

---

① 玉泰盐铺，位于慈溪蒋公出生地。
② 瑞元，蒋公乳名。
③ 东去，指东渡日本留学（日本士官学校）。
④ 文昌，指慈溪蒋公家乡的文昌阁。

春日偶感

人生恍若梦，
变幻几沧桑。
身是浮萍物，
心缠千丝网。
进退有运数，
代谢终不罔。
起伏凭天定，
何必把神伤。

二〇一一年三月十二日

浣溪沙·春末怀友

昨夜春绿发几枝，
千簇万朵淡红稀。
微雨晓风人伫立。

又逢一年花开时，
北燕双飞报春迟。
谁解平生有情痴？

二〇一一年四月十二日

惜　缘

我一直相信
冥冥中潜在的缘

缘分是一种自然
不是刻意的追逐
一次不经意的相识
也感一见如故
相见恨晚

走进心里的朋友
不管沧海桑田
无论天涯海角
都会深刻铭记

二〇一一年八月三十日

秋游隆昌阁

飞来塔阁七重光，
气势巍峨傍古坊。
彩幡高扬彰善恶，
木鱼轻敲渡慈航。
晨钟暮鼓佛音远，
石刻楹联翰墨香。
川东重镇垂名寺，
盛世政通兆瑞祥。

二〇一一年九月六日

和陈毅诗《梅岭三章》

盛世相聚意如何？
双节飞报喜捷多。
四海共赏月圆曲，
五洲同唱祝酒歌。

岁月峥嵘逾十年①，
群英砺志谱新篇。
向使诸君更努力，
希望美景胜空前。

投身希望②即为家，
栉风沐雨走天涯。
励精图治绘宏图，
热血浇灌幸福花。

二〇一一年九月三十日

---

① 十年，指作者加盟希望集团已十余年。
② 希望，即作者加盟的希望集团。

题吕同学赛场剪影

教坛育英才，
赛场练雄兵。
纤手执金哨，
俏声判输赢。
细心观战况，
冷眼看风云。
健儿尽争锋，
倾情报园丁。

二〇一二年五月三十日

题高中同学青城聚会

岷江苑里盛筵开，
学友欢聚叙情怀。
遥忆当年勤读苦，
别时花开正少年。
花甲相逢谈往事，
沉浮起落若云烟。
慨叹人生无常事，
千杯对月几回圆？

二〇一二年七月十八日

同学小聚杂感

少年出乡关，
奋进博功名。
唯秉鸿鹄志，
只为报国心。
历经坎坷途，
回首半百身。
猛志固常在，
骏马宜远行。

二〇一二年七月十九日

七言·残梦琐记

万里长空无片云，
归雁数行翱碧天。
禾苗葱绿似刀剪，
峡谷深处绕炊烟。
飞瀑直下如玉帘，
雾珠蒙蒙洗尘颜。
觉来梦境依稀在，
逢人说道增惋叹。

二〇一二年十一月四日

十六字令·秋游松坪沟

（一）

山，
险拔峻峭入云端。
仰头看，
离天三尺三。

（二）

山，
瑶草绮花依幽台。
举目望，
峦涧挂飞泉。

（三）

山，
奇林异石卧深潭。
俯身瞰，
长海碧如蓝。

二〇一二年十一月五日

游西湖雷峰塔

巨塔高耸连天宫，
楼台广宇一望收。
古今沉浮多少事，
悠悠尽付水东流。

二〇一二年十二月十一日

船 咏

我和你
似茫茫水面的两艘船
相向而行
漫漫驶向
未知的彼岸

不经意中相遇
静静地休憩
片刻的停留
瞬间的交汇
似已期待久远

轻轻地 擦肩而过
你奔你的方向
我行我的航线
带走内心温馨的惦念

二〇一三年五月十六日

端午节杂感

水上百舟竞渡忙，
亲朋共聚话衷肠。
雄黄煮酒祛邪毒，
蒲叶裹粟飘粽香。
屈平贬职遗骚赋，
子胥含冤沉汨江。
楚歌一曲声声唱，
忠魂渺渺为国殇。

二〇一三年六月十二日

五律·诗题郫县竹里湾

霞光穿林梢，
坐闻清流响。
临河水喧闹，
倚亭人静详。
幽径虫鸟唱，
竹青草木长。
采莲话桑麻，
醉梦归远乡。

二〇一三年八月十五日

台湾风光览胜

形如芭蕉海中岛，
浩浩大洋一叶飘。
日月神潭乌鱼肥，
阿里山巅云雾绕。
垦丁长湾细沙白，
九份古街芋圆香。
野柳滩上女王笑，
鹅銮鼻下浪潮高。

二〇一三年十月六日

冬晨·茂县

一江分却两半城，
高楼巍峨刺长天。
漫步庭径数青绿，
远望翠雪挂云端。

二〇一三年十二月十三日

新年致辞

金蛇飞舞辞旧岁，
万马奔腾迎新春。
良辰美景君当记，
千万杯盏总含情。

二〇一三年十二月十三日

应高中同学之邀作词

翻看你的照片
热血激荡心间
往事历历重现
依稀梦回昨天

轻抚你的照片
柔情流淌指尖
悠悠岁月久远
几度梦绕魂牵

头枕你的照片
朝夕相依相伴
长夜痴痴梦寻
泪血染红杜鹃

二〇一四年一月五日

上篇 诗词（吴卫东）

67

西江月·冬夜之梦

昨夜烟雨朦胧，
难忍相思情重。
月残星稀花飘零，
忆君悠悠入梦。

今朝梦断何处？
不敌露寒霜浓。
天凝地闭草萧瑟，
嘱君依依珍重。

二〇一四年一月五日

题石柱古城

旗山①莽莽抱云飘，
黄水②林深古柏高。
西沱③情含土家韵，
吊楼悠悠闻江潮。

二〇一四年四月二十五日

---

① 旗山，位于重庆石柱县。
② 黄水，重庆石柱县境内的名胜。
③ 西沱，重庆石柱县的古镇。

忆秦娥·观秦良玉雕像

阵雨落半山，
偶栖棚间。
远处茫茫俱不见，
乌云滚滚扑眼前，
雾气漫天。

回首思明末，
良玉挥鞭。
金戈铁马百战酣。
女豪英气今犹在，
芳影谁怜？

二〇一四年四月二十六日

端午吊屈原

又逢端月五，
深深送祝福。
艾叶散奇香，
雄黄祛邪毒。
门前蒲苇悬，
江上鱼龙①舞。
屈平志不酬，
哀泣生民苦。
遗恨赋离骚，
九歌恸秦楚。
千秋传橘颂，
万世共仰慕。
盛世怀先贤，
奋进绘新图。

二〇一四年五月四日

---

① 鱼龙，指鱼龙船。

西江月·夏临三圣乡

鹃啼声声，
一钩残月行花荫。
行花荫，
垂柳依依，
露苔凄清。

雁断长空相思绝，
多情更堪伤离别。
伤离别，
箫声呜咽，
此情谁说？

二〇一四年五月二十七日

献给母亲

有一个人
永远将你的内心填得满满
有一种爱
永远令你一生痴痴眷恋
这个人，叫母亲
这种爱，叫母爱
再没有人比她更伟大
也没有词比她更震撼

为了家庭，为了儿女
您含辛茹苦，从无怨言
历经多少雨雪风寒
承受多少生活重担
您的坚强、勤俭和善良
培育了晚辈美好心灵和思想风范
您的质朴、真诚和乐观
教会了子孙诚实做人与勇于奉献

一天又一天，一年又一年
满头青丝已白发斑斑

光滑脸庞已皱纹深埋
清澈双眸已朦胧难辨
纤纤双手已布满老茧
柔弱身影已逐渐下弯

山，没有母亲的爱高
海，没有母亲的爱深
天，没有母亲的爱广
地，没有母亲的爱宽
太阳，没有母亲的爱炽热
月亮，没有母亲的爱温婉
云朵，没有母亲的爱洁白
花儿，没有母亲的爱灿烂

母爱，是沐浴万物的春雨
润物无声，绵长悠远
母爱，是润泽心灵的清泉
丝丝缕缕，绵绵不绝
母爱就像一首田园诗
幽远纯净，和雅清淡
母爱就是一幅山水画
洗去铅华，清新自然
母爱就是一支和谐曲
悦耳动听，悠扬婉转

世界，因为有女人而美丽

人类，因为有母亲而续延

亲爱的母亲

想说说不尽

想写写不完

嘉宾把酒，笑指青山来献寿

百岁平安，人共梅花经岁寒

祝愿母亲

生活之树长青

生命之水常蓝

寿诞快乐

春晖永绽

二〇一四年六月二十二日

上篇　诗词（吴卫东）

秋游日本杂感

东海有岛国，
有史逾千年。
都道并府县，
地分四大岛，
碧海合周边。
都道并府县，
人口亿两千。
明治废幕府，
维新统法宪。
远拜唐文化，
今从美驱唤。
百业俱发达，
科技尤领先。
邻邦遗痛深，
和平祈梦圆。

二〇一四年九月八日

秋游日本富士山

早闻东瀛有仙山，
今朝闲游始梦圆。
远望圣女半含笑，
近抚群峰舞翩跹。
玉扇倒立绕十合，
纤足入海接长天。
烈焰狂喷三千丈，
玉湖洒落云雾间。

二〇一四年九月十日

七言两首

黄　昏

独立江畔暮正残，
孤灯不敌秋色寒。
满天星辰伴清影，
月落静水绝尘烟。

思　乡

一片红叶一度秋，
一寸相思一段愁。
寄语尺书全不察，
丹心望月泪长流。

二〇一四年十一月二十日

心 灯

应某学友之命题，代笔而作。

你，点亮我心中的灯
让我暗夜前行不再迷茫
你，浇开我生命的花
让我如枯木再逢春绽放
你，馈赠我生活的泉
让我久逢甘霖醉饮酣畅

我收下了
上帝馈赐的厚礼
你的声音、你的笑颜
我朝朝思慕、夜夜梦想
你的步态、你的倩影
我时时迷醉、日日珍藏

心灵深处
爱的种子
生根、发芽、开花

思念为你疯长

深爱难敌愁肠

二〇一四年十二月八日

七言·痛悼刘蓬宁同学

曾忆当年校园逢，
四载同窗乐悠悠。
奇才异技惊广众，
清音丽影盖同俦。
异国廿年倍辛劳，
振翼高翔壮志酬。
一缕英魂竟西去，
夜阑思君衷肠愁。

二〇一四年十二月十五日

林湾茶舍

城西多茶舍，
独举林湾①村。
不见读书人，
但闻机麻声。
客从八方来，
围席争输赢。
惬意过周末，
何必问疏亲。

二〇一四年十二月二十日

---

① 林湾，位于成都市西郊外。

小诗二首

春　雨

谁言春雨贵如油，
丝丝缕缕添新愁。
却看庭院花渐红，
此情绵绵无绝休。

桃　园

无心涉园已弄愁，
方寸迷乱恨不休。
不负枝头花正红，
浓缩春情笔底收。

二〇一五年二月二十五日

春　寒

乌云压城城欲摧，
万花凋零叶落稀。
朔风冽冽摧花冷，
寒流凛凛浸木冰。
半生修缘始觉浅，
一心向佛终须诚。
向晚放歌仰天笑，
谁怜深闺梦中人。

二〇一五年三月九日

因为桥牌

都说缘分神秘而善变
相聚只为神奇桥牌

啊，桥牌，心中的最爱
啊，桥牌，人生的丰采

因为桥牌
乐融融我们相聚在桃园
清新山野让人迷醉
桃花盛开香满云天
更喜桥牌弥久珍爱

因为桥牌
青春热情由此再现：
沉思智算的模样如此可爱
获胜惬意的笑容难以忘怀
犀利的竞叫和神妙的攻防
彰显人生亮丽丰采

啊，桥牌，心中的最爱
啊，桥牌，人生的丰采

因为桥牌
情依依我们暂别桃园
珍藏每次竞斗的欢愉
铭记每次相聚的精彩
美妙情缘倍加珍惜
快乐明天更将期待

二〇一五年四月十四日

白家路口

犀浦、市区、双流，
风大、雨急、路堵。
空叹莫奈何？
车若蜗牛爬动。
车动！车动！
此路何时畅通？

二〇一五年六月二十三日

校友偶聚抒怀

其一

终岁不得见，
夙昔如参商。
把酒话别离，
不及问乡党。

其二

昔日同窗读，
经年历沧桑。
今朝再聚首，
情长路更长。

二〇一五年七月二十六日

蒲园小诗

红藕绿荷映芳姿，
黑蝉紫燕戏清池。
千里山郭夕晖落，
万户水村晚炊迟。
酒酣且谈孩童事，
情浓正看豪饮时。
漫说闲愁挥不去，
只把旧律写新词。

二〇一五年八月九日

夕游锦里湖

　　偶观校友锦里湖照片数张，并附文字说明。品景色之美，更感慕景之情。品读再三，兴从中来，附诗一首以和之。

　　校友原文：错过了夕阳，却见圆月。随缘的风景，恰至好处。锦城湖的夜色，交织着月色花影，朦胧中，似是故人来。

夕阳渐隐尽，
圆月湖畔生。
风景随缘好，
垂柳入梦深。
夜阑荡湖舟，
月残乱花影。
烟波浩渺处，
似闻故人音。

二〇一五年八月二十八日

残句·亚特兰蒂斯断想

望　满眼翠绿
听　流水轻淌
看　桂花满园
醉　香气袭人
悦　老友话情
乐　怡人景象

二〇一五年九月二十三日

新年偶感

落叶
抚摸过春日的阳光
历练过盛夏的熏烤
隐藏着深秋的成熟
抵御着初冬的寒潮
片刻的停息
心灵的休憩
放飞的思想
也轻轻划出一段
人生瞬间的精彩
美丽的剪影
永恒常在

二〇一五年十二月十三日

晨　曲

天将晓，
行人起觉早。
披星顶月餐晨露，
风寒方悔着衣少，
足音惊宿鸟。

二〇一六年二月十八日

校友叠松旅游通知篇首语

茂汶果脯飘香，
咂酒醉人淳美，
群山风光旖旎，
海子碧绿璀璨，
羌寨古朴神秘！

二〇一六年四月二日

读苏理华校友文有感（二首）

苏理华校友原文：今天小雨，但却是百花的福气。想想花瓣上晶莹滚动的雨珠，连梦都会有春雨的气息。

一首

桃李争艳花正浓，
万绿且逊一点红。
微风叶落人独立，
平野燕归细雨中。

二首

微雨寻芳去，
春回百花新。
滴滴花间雨，
入梦吐春情。

二〇一六年四月五日

七言·春末游西安城墙

明月悠悠照秦关，
古墙森森绕城垣。
高祖跃马据汉郡，
霸王挥鞭判楚界。
天下和亲边关宁，
武帝震威漠北还。
但有飞将豪气在，
胡虏岂敢侵阴山？

二〇一六年四月十五日

七言·西安大雁塔

雁塔分却城两半，
东边光艳西边暗。
玄奘受戒慈恩寺，
历尽劫难取经还。
庶民驯化心向善，
太宗政开贞观元。
一阙汉歌天下唱，
泽被遐荒沐日韩。

二〇一六年四月十五日

七言·五一偶感（二首）

一首

暮春四野芳芬尽，
漫山翠绿雨含烟。
应怜农夫勤耕苦，
种得百粟无闲田。

二首

当年腥风漫芝城①，
劳工洒血争人权。
百年风云滚滚去，
万民于兹度暇闲。

二〇一六年五月一日

---

① 芝城，即美国城市芝加哥。

七言·和陈德志同学诗一首

高中陈德志同学原文：

> 问君何处觅芳踪，
> 柴扉闲靡心亦空。
> 来日携游赏美景，
> 月醉仙舞梦方醒。

> 闲倚柴扉心自空，
> 故园香径识芳踪。
> 来日同乐赏佳景，
> 仙子伴舞醉月宫。

二〇一六年五月二日

闻杨绛先生仙逝感言

师出名门，
艺盖群芳。
散文大家，
翻译巨匠。
百岁笔耕，
千古无双。
语言天才，
吾辈景仰。
先生之风，
山高水长。
先生盛德，
永世不忘。
先生仙逝，
天地恸伤。
痛哀先生，
伏惟尚飨！

二〇一六年五月四日

五言·咏母校诗一首

青青布衣生，
悠悠赤子情。
惴惴入圣堂，
勃勃鉴雄心。
巍巍群峰秀，
粼粼水波平。
亭亭松树密，
徐徐晚风清。
萋萋翠叶绿，
丝丝白云轻。
袅袅炊烟升，
呖呖夜莺鸣。
琅琅念外文，
淙淙闻琴音。
昂昂怀高志，
迢迢四载辛。
孜孜求理想，
拳拳报国民。
比比皆学友，
赫赫建功名。

二〇一六年五月五日

101

四言诗·街子古镇杂感

32 年分别，32 年的梦，32 个同学，32 年的情！

2016 年 5 月 20 日，暖阳初照，草长莺飞。川外英语系八〇级 32 名同学，在四川年级同学会的精心组织与策划下，从深圳、成都、重庆、绵阳、宜宾、德阳等地，齐集于青城山下的街子古镇。大家回顾历史，畅叙别情，品茶吟诗，载歌载舞，度过了一个难忘的周末，聊赋一文以兹纪念。

唐求故里，川西水乡；钟灵毓秀，古韵流芳。曲水汤汤，源接岷江；青山绵亘，层峦叠嶂。铁索吊桥，马鸣茶道；栖凤山岭，林幽草长。光严禅院，洞天福地；亭台楼阁，古色古香。银杏广场，巨树拔天；华阳国馆，气势鸿荡。千年码头，风雨廊桥；味江河畔，民居清旷。江城街上，游客潮涌；字库塔内，明代经藏。同学情深，依依念想；卅年重聚，情怡心畅。问道青城，拜水都江；互道珍重，相惜莫忘。

二〇一六年五月二十日

五言·雨城抒怀（之一）

建制始先秦，
隋唐称雅州。
环邻甘阿凉，
西锁川西喉。
雨量千毫米，
女娲补天漏①。
两江飞湍急，
三山奇峰秀。
马道边茶香，
蒙顶深壑幽。
猫熊栖息处，
更看游人稠。

二〇一六年六月十八日

---

① 女娲补天漏：因雅安雨量很大，传说女娲在此补天。

五言·雨城抒怀（之二）

莽莽岷山秀，
巍峨拔云霄。
丝丝雅雨柔，
婷婷雅女娇。
桥高凭潮涌，
江宽任鱼遨。
碧峰峡谷幽，
百兽乐逍遥。

二〇一六年六月十八日

七言·雨城抒怀（之三）

四县交界落古镇，
汉初辟设临邛道。
依山嵯峨造木屋，
傍水凄凄砌石桥。
十八罗汉朝观音，
五大家族慕韩庙。
夹金山下汇两军，
百丈关前奏捷报。

二〇一六年六月十八日

五言·碧峰峡印象

神峰两对峙，
十指补天漏。
沟深千石奇，
峡长万木幽。
龙潭降飞瀑，
神龟献福寿。
船棺悬高崖，
飞禽罕驻留。
险径崎岖行，
力乏汗衣透。
突现青云梯，
欢跃庶忘忧。

二〇一六年六月十八日

七言·山中晨咏（二首）

（一）

夜雨霏霏洒江天，
晓寒轻轻百虫眠。
远山空蒙全不见，
一片芳心向蓝田。

（二）

雨城只两日，
神思越千年。
但恨闲情少，
何年复观看。

二〇一六年六月十九日

五言·上里古镇

十里连三镇，
罗绳誉水乡。
风吹石桥影，
雨浸木阁梁。
高桥堪奇绝，
立交始道光。
十八罗汉峰，
合掌拜佛像。
周公授良策，
孔明智计强。
蜀汉举雄兵，
六服南夷王。
韩门文武昌，
五家香火旺。
节孝牌坊传，
茶马古道荒。
工农闹革命，
气势撼四方。
红军石刻新，
铭文豪气长。

二〇一六年六月十九日

重游松坪沟

　　胜景得天独厚，茂汶果脯飘香！观松坪沟的景，看松坪沟的海，品羌族咂酒，跳锅庄热舞。叠松的山，叠松的水，叠松的花，叠松的树，叠松的景，叠松的情……去茂县松坪沟避暑、消闲、喝茶、写生、赋诗、逐梦、看海、戏水、漂流……

万里长空凝心云①，
几行青雁遨碧天。
禾苗葱绿似刀剪，
峡谷深处绕紫烟。
白蜡飞瀑势何壮？
奔腾咆哮泻山涧。
梦醒胜景境依稀，
直把美图细端看。

二〇一六年六月二十五日

上篇　诗词（吴卫东）

---

①　心云，指校友所摄天空中形似爱心的云的照片。

清平乐·蜀地盛夏

烈日炎炎，
杲杲悬九天。
热浪滚滚浸鬓颜，
何处寻悠闲？

锦城时晴时雨，
胜景不堪愁烦。
孰解个中缘由，
清凉难似从前。

二〇一六年七月二十八日

七言·漫漫西行之深闺圣湖

绿树碧空叠彩云，
高原险路蜿蜒行。
苍凉野风吹花叶，
雄浑群峰醉客心。
涟漪微动芳草摇，
飞鸟掠水静无音。
潋滟湖光争奇幻，
梦转千回入仙境。

二〇一六年七月二十八日

七言·漫漫西行之栉风沐雨

漫漫西行风雨急，
天路崎岖添豪情。
远望碧空飘彩幡，
近闻雪原开花声。
客栈清新美味鲜，
藏香氤氲磬音明。
气贯苍穹飞圣殿，
霏霏细雨洗浮尘。

二〇一六年八月一日

五言·贺 2016 年教师节

小诗敬献给身为教师的您，祝各位教师节日快乐！

教坛运匠心，
朱笔写师魂。
丹心育桃李，
碧血映芳菲。

二〇一六年九月十日

五言杂句·与庞黄王等校友唱和

　　昨日，川外珠海校友会庞晓东会长去五桂山，发几张美图，写一首好诗，引来无数校友回帖唱和，其中西南石油大学教授王志林、川外才俊黄光辉及大陆希望集团之本人，皆为师兄弟，不分先后，兹整理于后，共同欣赏、切磋，以博一乐！

　　　　林深百种鸟，蛙鸣十里泉。（庞）
　　　　山中无日历，浮生半日闲。（庞）
　　　　林草随意绿，疏影水自横。（庞）
　　　　孤灯寒鸦鸣，月落花萼残。（吴）
　　　　孤灯月影乱，秋阑花萼残。（吴）
　　　　天高飞雁远，云闲茂林深。（吴）
　　　　梦托飞鸟传，情寄闲云归。（吴）
　　　　寒山曲径幽，小桥流水伴。（王）
　　　　幽径闻鸟鸣，往事逐云散。（王）
　　　　山色空蒙远，流连不知返。（王）
　　　　浮云秋山寂，浅溪噪蛙鸣。（黄）
　　　　树拔闲云心，蛙撩静水情。（黄）

　　　　　　　　　　　　二〇一六年九月十三日

中秋节断想

当月挂柳梢，丹桂飘香
妈妈曾讲述一个美梦
巍峨的宫阙
有位寂寞的仙子
相伴伐树的吴刚

当月挂柳梢，丹桂飘香
老师也描绘一个美梦
知识的殿堂
勤奋耕耘的学子
筑梦人生的理想

当月挂柳梢，丹桂飘香
我沉醉编织一个美梦
人生的旅程
历经沧桑的游子
常忆儿时那月亮

二〇一六年九月十五日

上篇 诗词（吴卫东）

115

七言·和庞、黄校友题五桂山庄诗

庞向东校友：　　　五桂山庄，
　　　　　　　　　　悠品自然，
　　　　　　　　　　鸡鸭成群，
　　　　　　　　　　秋水微凉。

黄光辉校友：　　　一河浑水向东流，
　　　　　　　　　　两间茅屋映山秀。
　　　　　　　　　　三鸡四鸭悠然踱，
　　　　　　　　　　五谷丰登仙境游。

　　　　　　　　　　一弯河水向东收，
　　　　　　　　　　两畔青竹接草庐。
　　　　　　　　　　三朋四友来聚首，
　　　　　　　　　　五言八律随口出。

　　　　　　　　　　　　　二○一六年九月十七日

天净沙·无题

深秋残霞草寒，
衰柳疏雨淡烟，
西风落叶古道。
花开花谢，
芳心总寄来年。

二〇一六年九月二十八日

木棉湖杂诗·与王、庞、黄校友唱和

　　最宜人的气候、最清新的空气、最湛蓝的海水、最柔软的沙滩、最漂亮的海岸、最香甜的水果、最浪漫的梦境、最美丽的期待……

　　大陆希望集团开发的海南木棉湖国际养生度假区，美若仙境，令人陶醉。余偶发美图，立刻引来几位校友互相唱和，甚是清雅。

王志林校友：

　　　　　　姹紫嫣红缀苍山，
　　　　　　落霞映塘暮田园。
　　　　　　牧笛声声不知处，
　　　　　　犹忘今夕是何年。

庞向东校友：

　　　　　　木棉花俏嫩枝头，
　　　　　　青草偎依老黄牛。
　　　　　　湖光山色惹人醉，
　　　　　　流连仙境乐悠悠。

黄光辉校友：

绛珠葱绿幻金甲，
耄耋幼齿剑驭马。
弥勒掬盘贡山水，
牧牛引颈各自暇。

木棉花繁映霞妆，
山青林茂水迢迢。
老夫剑气荡乾坤，
牧童笛声绕碧霄。

（外一首）

木棉花正红，
灼灼向君开。
居闲且同游，
只为缘梦来。

二〇一六年十一月十日

浣溪沙·木棉湖

梦怀木棉同走天涯，心系川外情暖人间——四川校友会海南"梦幻木棉游"活动剪影。

辞别尘都径南飞，
木棉几度入梦魂。
雨急偏惹客心醉。

秋阑晓寒风劲吹，
梨花满地紫燕回。
浮云掩月伴君归。

二〇一六年十一月十一日

七言·冬日黄昏郊外

幽林小径独徘徊，
秋阑雾浓掩柴扉。
浮云蔽月花无语，
犹抱清梦望君归。

二○一六年十一月二十日

梅与雪

　　一株梅、一个人，一首诗、一缕香，一阕歌、一段情……

　　　　　　梅须逊雪白，
　　　　　　雪却嫉梅香。
　　　　　　相约抗寒冬，
　　　　　　依偎至天荒。
　　　　　　　　　　二〇一六年十二月十一日

桃花雨，桃花情

风，柔柔飘动暖意
云，轻轻划破静谧
雨，丝丝送来清新
水，淡淡泛起涟漪

如诗的芳华
把片片相思汇集
串成厚厚的诗韵
蓝天当纸
海水为墨
大地作笔
写不出相遇的惊喜

牵手走进花海
霞光柔媚花径
你低首娇抚花蕊
笑颜比花璀璨醉美

青雨牵惹情丝
馨香暗浸心脾

百虫止啼凝眸
宛若离尘仙境

微雨中，相携漫步
喁喁私语误被风听
最愿结庐桃园
晨饮清露，晚沐夕阳
执子之手，慢慢老去
二〇一七年二月十四日

我　愿

杨绛，被誉为"最贤的妻，最才的女"。近读其书《我们仨》，述其与夫钱锺书的旷世深情，偶感而作。

我愿
转过五百年的轮回
谱写一阕琵琶新曲
地老天荒的真情一吻
挽住你炫目的绛色罗衣

我愿
在你的清梦里幽居
枕着你的名字回忆
纵然没有玉液琼浆
与你同醉月下花香满衣

我愿
爱不在荣华中栖息
永夜呢喃最美的恋语
凌波跨越心海两岸
为你吹散眉间清愁别绪

125

汹涌人潮相遇倾心的你
尽享上天赐我的最大惊喜
即使徒守孤独的美丽
纵使饱尝深秋的寂寞
宁愿沉醉春的期许

爱，何惜低至尘埃里
几多薄凉，几许惆怅
衣带渐宽人不悔
月圆是诗，月阙是画
春风十里不如你
岁月如歌，初心不忘
一半秋思聊赋君

不管，风中锦书是否寄来
纵使，远方归雁有逆人意
依然，为你散发万缕柔情
愿把一生专场全部给你
从开始到结局
从风华到老去

二〇一七年二月二十五日

风情棋子湾

当晨曦初微
大地半褪去睡衣
碧海敞胸舒臂
拥抱暖暖的缕缕金晖

当晴空放朗
云朵飘荡在浩宇
海风澎湃激情
追逐昨夜的蓝色梦境

当夕阳西挂
霞光嫣红了天际
雪浪欢快高歌
热切与银沙亲吻示礼

沉默的礁石
聆听浪花说着故事
晶莹的卵石
深藏不朽的千年传奇

127

痴情的海鸟
相伴落霞翩跹齐飞
幽邃的茂林
筑巢馨香的神秘新居
柔媚的月光
抚慰渔夫远航倦归
白帆踏波逐浪
点赞收获的一船惊喜

最是风中那对璧人
喁喁呢喃爱的诗句
指誓海天为媒
同赴永世不绝的约定

二〇一七年二月二十七日

心事偶题

是谁挥起画笔
点染那碧空如洗
是谁散落星星
牵扯出儿时记忆
是谁弹奏瑶笛
吹皱了一湖春水
是谁羞如皎月
半卷起梦中素帘
是谁依阑轻叹
思念在夜空弥漫

心事像雪花
在夜风中袅袅轻舞
时光的海岸
隔不断渺渺相思缘

夜色无边
无奈把你温柔搁浅
诗语漫漫
沉淀着经年的温暖

情到深处，拨动心弦
向往山与水的牵念
溯爱的源头
本是一泓清泉

二〇一七年三月二日

诗二首

春至松坪沟

等闲三月寻芳去，
十里松坪处处春。
一山一水皆是景，
一枝一叶总关情。

题亚特兰蒂斯

春日美景不胜收，
满园芳菲花正红。
暖风吹拂柳枝醉，
一树新绿香更浓。

二〇一七年三月三日

春雪·松坪沟杂记

初春，松坪沟
银装素裹
别有风采
多姿的山林
多彩的海子

每一次感动
都因无声的旋律而吸引
每一个叹服
都因清澈的洗礼而享受

执着的天真
只为这无边的美景
偶然的驻足，可为
一米光彩
一片亮色
一缕线条
一朵花儿
一只鸟儿

融合生态的自然
感受静穆的和谐
欣慰恬逸的平和
享受心灵的清欢

二〇一七年三月五日

上篇　诗词（吴卫东）

和傅丽校友诗·无题

你来
还是不来
花开在那里
翠绿枝头
萌动四季

你见
还是不见
风吹拂那里
轻泛涟漪
弥漫原野

你留
还是不留
雨飘落那里
浸透云霓
滋润梦呓

玉轮如诗
温存浅浅的岁月

陌上花开
翘盼芊芊的芳信

二〇一七年三月九日

傅丽校友诗原文

无　题

雨落
还是不落
春在那里
淹没了城市

风来
还是不来
花在那里
弥漫了山野

鸟唱
还是不唱
绿在那里
攻陷了村落

蝴蝶翩跹
穿越岁月的彼岸
心事盛开
爬满三月的记忆

（二〇一七年三月八日）

上篇　诗　词（吴卫东）

135

《三生三世十里桃花》观后杂感

前世情仇忍抛下，
谁拂十里桃李花。
浅浅瑶池生爱恨，
渺渺红尘总牵挂。
花开花落皆劫缘，
恩怨纠葛只为他。
蓁蓁叶落三生石，
青丘寥落哭夜华。

二〇一七年三月十五日

我愿做，我愿是……

　　闲来偶读友诗，深以为然。是日也，天朗气清，惠风和畅，新芽吐绿，梨花似雪，感从中来，赋诗一首。

我愿做一株小草
婀娜绿遍你的世界
我愿是一片翠叶
芳香温馨你的心房

我愿做一丝薄云
偶尔投映你的领空
我愿是一颗星星
温婉伴照你的归程

我愿化一缕清风
柔柔抚摩你的芳魂
我愿是一朵雪花
轻轻飘落你的梦乡

我愿化一串字符
为你绽放心灵的芬芳

137

我愿是一把古琴
凭你弹唱清雅的乐章
我愿是一杯香茗，
让你静谧中氤氲安详
我愿是一卷书典，
让你穿越时深汲瀚香

我愿，我愿是花
香飘你的四季
我愿，我愿是水
浇濯你的垒块
我愿，我愿是雨
朦胧你的诗行
我愿，我愿是梦
为你 托起明晨的朝阳

二〇一七年三月二十日

春末散句偶拾

梦里静闻花开声，
骊歌袅袅上青云。
思妇高楼愁恨晚，
若柳细腰依门扉。
觉来春风犹不识，
烟雨濛濛断人魂。
旷野只燕独徘徊，
夜半黄叶落纷纷。

二〇一七年三月二十一日

郊外暮春·杂感二首

其一

细草香生绿四野，
杨花千朵压枝低。
休道徐娘不年少，
足下溪流尚能西。

其二

佛前曾许三生愿，
平身难解一段愁。
月下花影独徘徊，
聊寄春风恨不休。

二〇一七年三月三十日

等　待

等待
一抹翠绿
晕染春的原野
等待
一滴清露
洗净夏的纤尘

等待
一枝红叶
深藏秋的幽梦
等待
一剪梅花
点缀冬的莹白

等待
一颗雨滴
迷恋云霓的彩衣
等待
一丝微风
缠绵柔柳的叹息

等待
一弯新月
解诂眉宇的愁思
等待
一叶倦舟
划驶心灵的归岸

捻一瓣馨香
编织暖暖的唇语
绽一朵花蕾
诉说浅浅的情怀
守一池秋水
迷蒙依依的微澜
寻一处桃源
恬淡悠悠的流年

二〇一七年四月十六日

犹记当年

犹记当年
青灰的石板
留下浅涩的足音
追逐童年的梦想

犹记当年
静寂的校园
舞动矫捷的身影
放飞青春的希冀

犹记当年
漫漫的征途
洒下泪光和汗水
收获丰盈的成熟

岁月的年轮
雕刻出坚硬的记忆
时光的列车
承载了满满的刚强

生命的花卉

绽放着碧绿的诗行

二〇一七年四月十六日

也许，从此我就失去了你

　　吾之挚友，夫妻感情甚笃，琴瑟和鸣。然造化弄人，终成婚变，遂作诗记之。

也许，从此我就失去了你
喁喁私语已随风飘逝
孤寂枕着无眠
黄昏中你美丽的倩影
依稀飘荡在迷离的梦境

也许，从此我就失去了你
枯萎的玫瑰已被丢弃
细雨淋湿旧梦
奈何桥上仍回眸依依
陌上花开处且默默伫立

也许，从此我就失去了你
别封存你最爱的素笔
重描一幕烟雨
将沉默且当上天的厚礼
把脉脉相思赋予阕阕清词

也许，从此我就失去了你
趁月色沉醉在茵茵竹林
花香氤氲清韵
断鸿声里饕餮寂寞回忆
抵达彼岸将是痛苦的磨砺

也许，从此我就失去了你
请在风中同把酒杯举起
执箫横笛浅唱
昨日的故事已零落成泥
静谧中厚重了如歌的叹息

二〇一七年五月三日

你 是

你是一盏灯
燃烧自己
点亮暗夜

你是一本书
蕴藏经纬
瀚墨流香

你是一轮月
温抚万物
温润梦乡

你是一湖水
波平如镜
幽谧浩渺

你是一剪梅
傲霜斗雪
绵远馨香

你是一棵草
风吹雨打
筋骨刚强

你是歌，是诗，是画
你是风，是雨，是雾
你是火，是电，是光

你是，你是……

二〇一七年五月九日

诗二首·赠春霞师妹

其一

蒋门有女玉花颜，
春波盈盈寄眉间。
霞光轻浅照倩影，
美抚瑶琴托梦圆。

其二

祝福今我表真言，
蒋家才女艳天然。
春山蹙眉秋水颦，
霞映雪肌胜娥仙。
幸有倩影气质美，
福瑞常随保康安。
快意当歌佳侣伴，
乐享天伦尽笑颜。

二〇一七年五月十四日

149

题川大刘教授校友（二首）

其一

唯有玉人无限娇，
锦城春暖泛心潮。
取次剪影懒回看，
气质夺人天生俏。

其二

倥偬岁月存玉照，
蹉跎半生心未老。
随意取影皆佳品，
天然丽质无限娇。

二〇一七年五月十五日

观"一带一路高峰论坛文艺晚会"有感

一带一路，
盛世朝纲；
互通有无，
泽被遐荒。
中国擎旗，
声威浩荡；
举世响应，
万国分享。
奋进高歌，
富国安邦；
振兴华夏，
圆梦图强。

二〇一七年五月十六日

七绝·端午二首

其一

屈原沉冤投汨江，
楚王昏庸失栋梁。
千古只余离骚恨，
百代天问话沧桑。

其二

一年一岁又端阳，
千门万户粽叶香。
且把雄黄敬亲友，
举身添杯浓情长。

二〇一七年五月二十九日

庞向东校友和诗：

屈子无辜陷奸谗，
汨罗有幸迎忠良。
一代诗魂绝尘去，
万世香粽祭国殇。

茶禅一味

又到茶庄
茶禅一味

一杯茶
一本书
一首诗
一个人

静，是一种淡定
静，是一种品德
静，是一种幸福
静，是一种韵味
静，是一种智慧
静，是一种修为

心若无尘，淡然若禅
在潇潇暮雨中
将一壶茶喝到无味
将一本书读到无字
将一个人爱到无心

将一首诗品到无韵

在默默品味中
享受与感悟
静的和谐、纯净与安宁
静的超然、神异与魅力

二〇一七年六月三日

贺王同学 53 生辰

祝福吉言八方来，
王家有女堪俊彦。
世人争颂才德美，
华彩文章众称传。
生幸更有气质佳，
日增风采添浪漫。
快活只为有佳侣，
乐享天伦福绵绵。

二〇一七年六月五日

上

篇

诗

词
（吴卫东）

155

贺总部工会活动偶题

　　清凉避暑，且去茂县松坪沟，避暑、消闲、喝茶、写生、赋诗、逐梦、看海、戏水、漂流……

　　时值周末，组织总部员工游松坪沟。一路西行，一路欢歌，笑语绵绵，快意人生，大美河山，偶得小诗一首，聊表心情——

　　叠松旅游行，轻松、快乐、开心、尽兴的一天，讲故事、诵诗词、观羌城、逛羌寨、察羌风、问羌俗、游古城、走吊桥、品咂酒、唱劲歌、跳锅庄……

滔滔岷江水，
悠悠古羌城。
千里诵传奇，
日日岁华新。

川西行

峻岭险峰横向前，
天灾国难人为先。
同心同德人心聚，
敢叫天地换新颜。

二〇一七年六月十七日

赠五女学友雁城聚会

山凄凄，兰舟横笛辞前川，
水迢迢，夜闻啼燕泪阑干。
思悠悠，抚琴西窗孤鸿远，
情依依，柳条折尽飞花寒。
喜洋洋，有缘千里来聚首，
泪涟涟，回首往事话无边。
羞答答，云淡风轻付笑谈，
甜蜜蜜，一壶浊酒尽余欢。
乐颠颠，留影馨香凭谁传，
笑盈盈，互道珍重暖心田。

二〇一七年六月二十一日

上篇 诗 词（吴卫东）

157

五言·三学友游平乐古镇

一江分两水，
古镇群峰绕。
温馨吊脚楼，
悠悠剑南道。
二固三夹关①，
金鸡报天晓。
竹茂掩幽径，
涧深旋鸥鸟。
巍峨高峡立，
倚处客魂消。
嗟吁不得过，
凌空渡索桥。
清风拂耳柔，
野花随兴飘。
恬淡偕君游，
曼歌乐逍遥。

二○一七年七月一日

---

① 二固、三夹关，均为成都平乐古镇的著名景点。

五言·游平乐古镇杂感

白沫江水长，
金鸡山色青。
不羡桃李艳，
但醉柳条新。
廊桥遗幽梦，
古镇藏芳影。
只为风尘误，
悠悠万古情。

二〇一七年七月三日

重返母校·同武隆校友三日游

(一)

武隆有仙山，
缥缈云海间。
期许千百回，
今朝始梦圆。

(二)

尝闻天坑险，
更惊地缝深。
乘兴敢攀游，
不是等闲人。

二〇一七年七月二十九日

校友武隆游偶感

武隆翠岭向天横，
山径迤逦云雾中。
苍苍绿野走骏马，
莽莽乌江游蛟龙。
林海紫烟绕碧树，
高峡飞瀑奏鸿钟。
仙女舒袖迎客舞，
且仝高阁醉清风。

二〇一七年七月三十日

关于诗

诗，如跳荡的音符
诗，如燃烧的火焰
诗，如潺潺的流水
诗，似朦胧的云雾
诗，似皎洁的弯月
诗，似初升的旭阳

诗能写景、状物、咏史
诗能言情、抒怀、传神
诗是感情的升华
诗展历史的画卷
诗有神奇的力量
诗是友谊的桥梁
诗有朦胧的期盼
诗是灵魂的召唤

嘤其鸣也，求其友声
伯牙抚琴弄朱弦
高山流水唯君知
心中有诗情

眼中有风月

任时光流转

与真情共守

与初心相伴

守一树花开

拥一份清欢

晨风如歌，诗韵流香

烟火流年，如梦翩跹

抖落一世沧桑

剪断眉间愁烦

重拾儿时梦想

步入诗的海洋

醉入诗的梦乡

迈向诗与远方

让心灵碰出火花

让理想插上翅膀

让诗行传递能量

让人生充满花香

二〇一七年八月二十六日

无韵杂诗·秋之韵

秋风，秋雨，秋月

秋意，秋韵，秋梦

秋露滴枝翠

秋叶溢漫清芳

秋鸿飞下

醉染一池秋画

二〇一七年九月五日

诉衷情·秋夜怀友

　　近日偶读友诗，述与其女友相识两年之事，情投意合，相知相惜。然天不假时，造化弄人，女友执意留洋远去。时逢其相识周年，旧地重游，物是人非，吾友感慨万千，偶成一诗。因其瞩我改之，既辩其由来，感其真情，思之良久，不揣冒昧，和为一词。

夜阑风急秋雨稠，
瑶琴向谁奏？
怜惜弱柳依依，
月残影如钩。

花香浓，
人独瘦，
鬓双秋。
酒醉他乡，
梦断芳洲，
泪洒西楼。

二〇一七年九月八日

上篇　诗词（吴卫东）

165

穿越之爱

　　日前与友小聚，闻其倾吐一段红尘往事。故事哀怨动人，情节曲折婉转，感人肺腑，不胜唏嘘。临别意犹不尽，情未已矣，专嘱借我之笔，录其聚散离合之情。品味思悟，终成此文，题之为《穿越之爱》。愿观此文之人，珍惜当下，珍惜眼前。

　　　　那一天
　　　　我穿越世纪来找你
　　　　白露为霜
　　　　烟波柔柔
　　　　你清尘绝世的模样
　　　　回眸让我心驰神荡
　　　　柔肠为你万般痴狂
　　　　芬芳涓涓
　　　　花香淙淙
　　　　随杜鹃鸟浅吟低唱
　　　　任池中鱼游来游去

　　　　那一天
　　　　我穿越世纪来看你

桔紫辉耀

纷华悦目

花香熏醉漫天霞光

宣纸散发阵阵墨香

诗行放纵万千想象

煮字为念

醉影流光

唇齿间闪烁的清幽

熨平我心田的离殇

那一天

我穿越世纪来送你

旷野苍凉

暮色正稠

清雨晕染一帘烟波

缠绵耳语早已消瘦

红尘过往静静独守

花开是歌

花落是诗

将爬满相思的轻舟

乘借月光轻轻划走

不言沧桑

不谈过往

不说离愁

梦幻般美丽的名字
随风散落奈何桥头
来世的七夕路口
相逢时月满西楼
于烟火处彼此凝眸
赴一场巫山梦
品一壶相思酒
题一首枫叶愁
饮一盏残红秋

二〇一七年九月九日

菩萨蛮·秋思

吾之友者，性情中人，与女相识两年，相知相惜，两情缱绻。因旧地重游，物是人非，偶成一诗发我，嘱我改之。既辩其由来，感念真情，不揣冒昧，辄改为词。

秋阑处处割柔肠，
南柯一枕梦荒唐，
独自寻清欢，
癫狂纵奇想。

伊人何处觅，
雁断泪空啼。
酒醒凭栏望，
落红添几枝。

二〇一七年九月十日

秋月・秋夜

谭瑶师妹原诗：《秋》

　　秋

　　初秋

　　初思秋

　　初思清秋

　　初雨思清秋

　　初雨湖思清秋

　　初雨湖畔思清秋

　　月

　　秋月

　　秋夜月

　　秋夜寒月

　　秋夜江寒月

　　秋夜江畔寒月

　　秋夜江畔揽寒月

　　秋月江畔寒夜

　　秋月江寒夜

　　秋月寒夜

　　秋月夜

　　秋夜

　　夜

二〇一七年九月十七日

170

木棉湖配图题词

赏海岸夕阳，
枕海波碧浪，
听海风轻语，
抚海滩细沙，
观海鸟低翔，
醉森林鲜氧，
闻绿岛花香。

海边的房，
幸福的家，
温暖的港……

二〇一七年十月十一日

171

2017 年校友年会题词

一年一会，
校友欢聚。
八方来客，
不论东西。
士学政商，
不问高低。
梦回青春，
不忘初心。
把酒言欢，
沟通联谊。
重拾梦想，
放飞心情。
祝福万千，
同心同行。

二〇一七年十月十八日

松坪沟之秋题词

没有如织游人，
因为养在深闺；
无须人工雕饰，
源于自然清新。
迷人的原始景色，
令人叹为观止；
因为远离尘嚣，
宛如童话般仙境；
梦中的诗与远方
不妨去松坪沟寻觅。
你会发现，
你必惊叹，
你更沉醉——
她美在神奇天然，
她美得不可想象，
她美得像个意外，
她璀璨，绚丽，静美，无与伦比！

二〇一七年十月十八日

173

亚特兰蒂斯小感

　　秋日余暇，偕友二三，小聚于新津亚特兰蒂斯别墅。时值深秋，天朗气清，丹桂飘香，落红片片。但见园中楼台亭阁，鳞次栉比，乳燕穿帘，乱莺啼树，又见弱柳依依，曲水流觞，微风吹拂，水波粼粼。身处是景，不禁心旷神怡，兴从中来，偶成一诗以记之。

落红点秋韵，
丹桂溢暗香。
轻烟抱山麓，
淡水绕亭廊。
鸟栖碧树巅，
蛙鸣浅草旁。
把盏待明月，
斜晖透轩窗。

二〇一七年十月十八日

初雪礼赞

雪花穿越过薄雾
洁白淡雅
霏霏如萤
追逐尾秋的清音
凋零的一树红枫
静寂清芬
不染纤尘
轻托月光的叹息

岁月浅浅
初冬微凉
看落雪倾城，曼妙绝伦
观一池静水，如絮如烟
记忆的彼岸
芳草呢喃着心语
沙滩沉淀的痕迹
一半画出明媚
一半写满忧伤

细细端详初冬
珠雨遇寒
因雪成霰
清秋早已走远
薄暮乍暖还寒
我依旧有梦
盈一颗明媚之心
与冬相拥
坐卧在如诗的画里

摘一片白云
挽一轮明月
托一支素笔
奏一阕清音
掬一杯淡茶
捻一缕香馨
让心语在诗意中绽放
万般的美在行间字里

二〇一七年十一月二十七日

岁末郊外感怀

朝兮，暮兮，岁月流沙
日兮，月兮，春贵秋华
路兮，道兮，修远嵯岈
风兮，雨兮，晦暝交加
进兮，退兮，恬淡娴雅
得兮，失兮，水月镜花
福兮，缘兮，棋琴诗茶
歌兮，舞兮，心映灿霞

二〇一七年十一月三十日

冬之约

落叶倦了
不再飘飞
湮没了鸟的足印

秋蝉累了
不复鸣啼
飘零了秋的踪影

雪花醉了
翩翩轻舞
染白了一季寒冷

我与梅兄
在季节的桥头
并肩携手
悄然伫立
守望冬天那约定

二〇一七年十二月十二日

南京大屠杀周年祭

歌声中的悼念，那段不能忘却的历史……

　　三七倭寇屠南京，
　　泱泱大国被辱欺。
　　举国大祭哀亡灵，
　　万众奋起图复兴。
　　　　　　二〇一七年十二月十二日

再读《乡愁》

　　惊闻台湾诗人余光中仙逝，愿天堂再无乡愁，先生一路
走好！

悄悄地
你走了
带走诗人的寂寞
带走文人的孤独

默默地
你走了
带走恢宏的气度
带走心灵的净土

静静地
你走了
带走珍藏的船票
带走故乡的云雾

轻轻地
你走了

带走悠悠的记忆
带走淡淡的哀愁

乡愁呵，乡愁
割不断的情缘
挥不去的离愁
乡愁呵，乡愁
心系天地
魂牵江海
梦依落花
情归何处？

二〇一七年十二月十四日

上 篇 诗 词（吴卫东）

再话《乡愁》

儿时不识乡愁
乡愁是甜甜的梦
把笑声挂在树梢

少年未识乡愁
乡愁是满满的爱
让理想插上翅膀

长大才识乡愁
乡愁是悠悠的情
任思忆牵着月光

而今识尽乡愁
乡愁是淡淡的殇
将忧郁浸透诗行

二〇一七年十二月十五日

雪之魅

初雪
如约而至
一片，两片，无数片
洋洋洒洒
娓娓细细
簌簌飘落大地

片片雪花
晶莹剔透
洒落白山黑水
飘向长城内外
浸透秦关汉月
融入唐诗宋韵
穿过雨巷小桥
飞越高山流水

喜欢看雪
喜欢在雪天听着音乐
伫立于凉凉的庭前
想心中最美的事

触摸洁白的雪花
落成雪
映为梅

喜欢听雪
喜欢在雪天披上风衣
漫步于静静的江畔
踩着薄薄的雪片
仿佛古今所有的诗
融入雪
化为魂

欣赏冬雪
欣赏那份独特的美
独醉冬雪
浅醉那凄清的意境
雪花
像寻梦的碟
与我眉间的笑对舞
似少女的吻
与我心中的梦亲近
如写意的诗
与我纯净的魂对白

看雪

犹如品诗

听雪

也是听心

在没有尘埃的世界

浅看流年

品味美妙

感受浪漫

静守恬淡

在簌簌的落雪中

寻找灵魂的归依

二〇一七年十二月二十五日

冬日偶感二首

周末小憩，见庭前银杏花落，偶感。

庭前银杏高千尺，
斗寒傲雪余空枝。
纵然尽被风吹去，
宁许报春不嫌迟。

另一首：

一夜寒流凋碧树，
雾漫江天横野舟。
恼恨总被西风误，
何处闲逸下袖钩？

二〇一七年十二月三十日

珠海校友会庞会长赋诗：

寒凌干愈挺
叶落满地金
默默窗前伫
念君知遇恩

「中篇」

散文（吴卫东 吴走学）

祭父文

　　故显考吴公讳志学老大人，百医无效，于二〇一一年十月十六日十八时三十八分溘然辞世，享年七十八岁。顿失父爱，肝肠寸断，深恩未报，抱痛何及。值此家奠之时，谨将吾父生前之嘉言懿行，俱陈梗概，泣诉灵前，聊表哀情于万一，哀哉！痛哉！

　　侧闻吾父：诞之资州，生于三三，龙江湖畔，月山之村。兄妹三人，少年失母，家道中微。贫寒备尝，冷暖自慰。生计艰难，夙兴夜寐。求学离家，学成不归。五四仲春，从教雁江。凡卅八年，享誉乡梓。娶妻靖华，生有四子，二女二男，并立家门。

　　沧海桑田，时局如棋。深知吾父，毕世艰辛。至生吾辈，爱护如珍。抚养教育，严格认真。望子成龙，百倍操心。育吾兄姊，熬煎苦撑。风霜饱历，奔波烦辛。粮钱费尽，情愿甘心。春晖朝霭，慈父深恩。相报何时，大海精禽。

　　唯我父亲，品德贤良。克勤克俭，四邻敬仰。一生从教，有功不扬。"文革"浩劫，深受重创。批斗无休，刚正不枉。倍受坎坷，乐观达旷。教育我辈，温良恭让。期望儿孙，爱国忠党。立志宏图，年高弥忙。如斯人德，宜百寿长。吾父高风，人间榜样。

　　黄天不佑，沉疴难治。重病剧痛，顽强抗拼。求神不灵，一命归西。遽闻噩讯，举家凄泣。父亲永别，万金难抵。瞻望不及，音容莫亲。父啊父，儿女你引，怎忍丢心？人善寿永，何不高龄？再寻父影，除寻梦境。父啊父，魂兮归来，魂兮归来！呼地抢天，百喊不应。肝肠哭断，铁石伤情。

不孝儿孙，跪拜灵前，咽喉哭断，泪透衣衫。略备时食，供设灵前，素菜水酒，诚心祭奠。情浓凝眸，语诉流咽。恳望慈父，切莫弃嫌，西去极乐，早成神仙。

泣泪凭吊，聊表衷肠。九泉有觉，来品来尝。草作此文，以报慈恩，呜呼！

尚飨！

孝男卫东等，跪泣于灵柩前

二〇一一年十月十八日

祭友文

　　青山郁郁，江水澹澹。张家有子，育于清泉。懵懂初开，志存高远。家道贫弱，求学未满。投笔从戎，行伍经年。励志劳体，玉琢光鲜。

　　荣归转仕，倍受磨炼。勤奋自学，群书博览。文武筹略，识见非凡。恪尽职守，孜孜奉献。任劳任怨，干群称羡。仰事父母，俯育子贤。外和乡邻，内敬妻眷。帮人助友，口碑争传。乐善好施，披肝沥胆。待人悃诚，广结人缘。命运坎坷，豪气不改。刚直不阿，正气凛然。雅量高志，挥洒若闲。

　　卒染沉疴，意志弥坚。音书罕达，夙夜思念。天不假济，撒手人寰。壮志未酬，天夺英贤。遽闻凶信，撕心裂肝，河山垂泪，天地举哀。别哉耀国，惜哉吾友，哀哉耀国，痛哉兄台。

　　斯人故去，音容宛在。慕兄高义，山高水长，吾兄清风，我辈愧当。十载共处，意趣投缘。患难相扶，苦乐共担。恩德种种，感念兹怀。人尘两隔，相聚不再。物是人去，情何以堪？哀君情切，愁肠千转。思君伤怀，摧我肝胆。此愁悠悠，此恨绵绵。彼苍天兮，还我友来！还我友来！

　　临别涕泗，痛不择言。君若有灵，当笑九泉。仅以一觞，真情道来。哀哉吾友，伏惟尚飨。

吴卫东
二〇〇七年四月四日

岁末感言

其一

花开花谢，秋来冬往，云卷云舒，岁月复新。2017 年的脚步已渐行渐远，2018 年的钟声即将敲响。新年，掸去了飞雪的梅花、月光，将满满的祝愿撒向人间。每当辞旧迎新盘点往事，都是一次思索和总结。回望 2017，我们走过一年的风风雨雨，迈过一年的坎坎坷坷，满怀 2017 年坚持的热情，怀着 2018 年进取的信心，跨出人生坚实的步履，奔向明天的诗与远方。人生就是一个大舞台，心有多大，舞台就有多大。告别 2017，拥抱 2018！愿 2018 年的自信改变你的一生！继续努力，没有最好，只有更好！

其二

树叶绿了又黄，花儿开了又谢。踏着坚实的步伐，送走冬日的夕晖，迎来春天的曙光。回首 2017 年，从事 HR 工作，为我打开了一扇事业之门。我不仅把它当成一份工作，更当作一份事业、一个梦想。多年的坚持与努力也源于对母校精神的敬仰与传承。"团结、勤奋、严谨、求实"的川外校训，激励着自己不断进取，敬业奉献，为企业的发展尽心尽职，为社会贡献自己的绵薄之力。流年转换，岁月不居，唯有倍加努力，方能不辱使命。新的一年，我将更加努力前行，勇敢追求人生梦想、实现个人的价值。我的努力，还在继续！路，在前方；我，在路上！

二〇一七年九月九日

四川校友会 2016 年年会欢迎辞

榕树花开、玉液飘香，今天，我们相约于美丽的天府蓉城，举办 2016 年四川外国语大学四川校友年会暨新春晚会。首先，我代表四川外国语大学四川校友会，也代表年会的协办单位大陆希望集团，向各位领导、各位校友的光临表示热烈的欢迎，并对各位领导、各位校友对四川校友会工作的支持表示衷心的感谢！

如歌岁月，真情相约，时光荏苒，行远思恩。回首当年，我们以一名懵懂学子入学川外，母校领导老师给予了我们无私的关爱，传授给我们丰富的知识与技能，奠定了我们人生事业的基础，也注定了我们今生共同的缘分，值得我们一生去联系，一生去追忆，一生去珍惜。今天，我们虽处不同的城市、不同的岗位，都更改不了一个朴素而亲切的称呼——校友！

川外四川校友会（前身为成都地区校友会）诞生 32 年以来，依靠母校领导及校友总会的亲切关怀，依靠众多校友的大力支持，依靠几代校友理事会的辛勤耕耘，已成为建会历史最长、校友人数最多、机构最完善、活动最丰富的川外省级校友会。在母校领导及校友总会的大力支持下，2015年年底校友会成功进行了换届选举，目前已拥有 8 个系级分会、3 个行业分会、8 个地区分会（含海外分会）近 1 万名校友，并在 2016 年卓有成效地开展了校友会的各项工作与相关活动，校友会成为四川校友及川籍校友温馨的"家"。

承载振兴民族产业光荣与梦想的大陆希望集团，是川外众多成功的校友企业之一，以电子机械、能源化工、建筑工程、旅游地产为发展布局，产业涉及电子、电力、中央空调、建筑、房地产、酒店、旅游、化工、饲料、食品及金融投资等。集团坚持以振兴民族产业为宗旨，同时一向十分热心公益，关注与支持母校的发展及四川校友会开展各项活动，2016年赞助支持了叠溪松坪沟旅游、海南木棉湖旅游等校友活动，并为理事会会议和本届年会积极提供赞助，增进了校友的友谊，也增强了校友会的凝聚力。

　　情怀似梦今朝聚，岁月如酒明日醇。一朝川外人，一世川外情！亲爱的校友，让我们永远感恩母校的培养，欢聚于今天的年会，回味纯真的校园岁月，走进心灵栖息的温暖空间，为我们怒放的生命而举杯！让年会成为我们生命中永难忘怀的珍贵记忆！

　　祝各位领导、嘉宾身体健康！工作顺利！祝各位校友开心快乐！猴年吉祥！

吴卫东

中篇 散文（吴卫东 吴志学）

父爱，我人生的指路明灯

——一封永远不能发出的信

阴阳两隔不相闻，常思父爱湿衣巾。风吹旷野鸦常啼，雨燕声咽人断魂。

世上有一种声音深沉如海，那是父亲亲切的呼唤；人间有一种微笑温暖心灵，那是父亲挂在脸上的慈爱；儿女有一种遗憾难以弥补，那是一生难以报答的孝心。

亲爱的父亲，今天，是我终生难忘的日子！六年前的今天，2011年10月16日（农历九月二十日），您百医无效，溘然辞世。此后，无论是逢年过节，还是您的周年祭日，我们都格外怀念您——敬爱的父亲！这些年来，对您的怀念之情时刻在我心头萦绕，挥之不去！天堂的父亲呀，我今天该拿什么来祭奠您？

父亲，您走了六年，我的思念无处不在，您的音容笑貌宛然如昨，已深深根植于我的脑海。文字本该是最好的纪念，然而，除了当年的悼词与祭文，我一直没有勇气提笔写您——我怕我写不出您的伟大，亵渎了您的英灵。这些年来，我一直不信您已真正离世，认为您是去做一次长久的旅行。您生前那样节俭、清贫，从没有过一次真正意义上的旅行！我在纵横交错的路上寻找，不知您是从哪条道去远行；我对着四面八方呼唤，却听不到您的一丝回音。一天天、一月月、一年年，我终究没有等到您的归来！不止一次，我对着苍苍广宇，对着茫茫夜空，声嘶力竭地在心里呼唤：父亲，您回来吧！父亲啊父亲，您到底已去哪里？

每年最怕父亲节的到来！六月的父亲节，微信祝福的语言铺天盖地，世界沉浸在无边的父爱里。别人的父亲节，是那么的欢愉，那么的和美，那么的幸福！而我的父亲节，却那样的孤独，那样的沉寂，那样的凄清。大街小巷，浅黄绿的梧桐花淡淡地绽放、缱绻着我沉寂心底的思念，氤氲着已然远逝的亲情。我只能将感恩的深情、溢满伤感的回忆，永远定格在心底那不能触及的痛处。

父亲，您是第一个我从小崇拜的人，也将是我终身学习的榜样！

您知识渊博，记忆惊人，对历史、文学、书法等均有较深的研究与涉猎。很小的时候，您便教我们背诵唐诗宋词，讲解中国二十四朝历史，指点毛笔如何起笔、运笔、收笔。尤其您对古文的悉心讲解，更让我获益匪浅。屈原、李白、杜甫、苏轼、鲁迅、茅盾、莎士比亚、高尔基、托尔斯泰，文学的无限魅力让我从小沉醉；秦皇、汉武、唐宗、宋祖、孙中山、毛泽东、周恩来、邓小平、拿破仑、华盛顿、斯大林、巨人的丰功伟业引我击节深思；牛顿、爱因斯坦、钱学森、杨振宁、华罗庚，科学的巨擘令我心往神迷。您还给我们讲过"三国""西游""水浒"的不少故事，至今我还记得三国武将的排名：一吕二赵三面韦，四关五马六张飞，七黄八许两夏侯，二张徐庞甘周魏……还记得《三国演义》的开篇语：滚滚长江东逝水，浪花淘尽英雄，是非成败转头空，青山依旧在，几度夕阳红。

您禀性耿直，刚正不阿。家庭出身给您一生带来了极大的影响，也是您多年挥之不去的"痛"！您三次大学上榜，最后却因家庭成分降读中师。十年浩劫的淫威，也肆虐到我们那远离城市的乡镇学校。因成分问题，您先后多次被斗，一次下放农村。我懂事后第一个最深的记忆，是"文化大革命"中您挨"斗"的情景。记得每当学校开大会，总少不了要将您"押"上前台。这时，您总是手牵着我，背上小弟，从最后一排缓缓地、沉重地向前走去。到了前台，您被强按住跪在一张木凳上。"造反派"还不时按打您的头，强迫您交代所谓的"反党"罪行。您总是坚决地回答："我出身地主，这个我承认，但说我反党、反人民，我绝对不会。共产党对我有恩，我永远感谢党、感谢毛主席！"

您信仰坚定，追求进步，并对子女严格要求。您对党和政府一直充满感激，一生对"红色"特别地喜爱！您最为遗憾的是没尽早入党，为此一直孜孜追求，从未放弃。终于，在退休的前两年，您光荣地加入了中国共产党。那一天，您的激动与兴奋无以言表！一生节俭、低调的您，还为此特别买了一瓶酒、一斤肉，召集全家人为之庆祝……后来，在您的影响与教育下，姐、弟、弟媳及我本人，也先后加入了共产党。当我把正式入党的喜讯告诉您，您连连夸奖后不忘叮嘱："娃，要更加严格要求自己啊，谦虚一些，更争取进步！"殷殷之情，溢于言表，斯人虽逝，言犹在耳！

您忠诚敬业，恪尽职守。您是一部书，让我读到的不仅是爱，还有责任！您从教四十余年，在平凡的岗位上总是尽责尽心。从长生小学、伍隍中心校，到民合小学、丰裕一中，您长期担任班主任，并教小学语文、数学及中学语文，还曾担任中学语文教研组长。每次统考，您教过的班，在全乡、全区不是第一名，也是前几名。我至今都特别佩服您的工作能力！不管在哪个学校，最难管、最差的班，经过您的努力教育，班风、班纪总有大的改变。再调皮难管的学生，经过您的帮助与教育，总会成为最守纪律的学生。几十年来，您教过的学生，不少已成为大学教授、企业老总或政府官员。您被评为资阳市先进个人、内江市优秀班主任，这些荣誉是对您多年努力工作的肯定。

您个性坚强，意志坚定。您一生坎坷，但对生活从没一句怨言。您给儿女最强烈的印象，是一个什么都不怕的人——不怕困难，不怕挫折，不怕打击！您像一座山，给儿女最坚实的依靠。不管生活多么困难，人生多么不幸，从未听您叫过一声苦累，从未见您掉过一次眼泪。但在您的笑容背后，该有多少的压力，多少辛酸和苦楚呀！当时家庭负担较重，为维持一家生计，您不得不一次一次从外借钱。当家里无钱买粮、买米时，您总是轻松地回答："想办法吧！不要愁，会有钱的，会好的!"然后，您总是一人独自外出借钱，有时直到深夜才回家。后来我知道，您借钱时都认真打了欠条，并给一定利息。您借钱时从不带上儿女，是不愿让儿女跟在一起忍受难堪与白眼。很难想象，您是怎样艰难地敲开一家家的门，怎样开口提出那个最难启齿的"借"字，被拒后又怎样拖着沉重的脚步走向下一家。您如何含辛茹苦支撑着一家六口的生活，又如何用惊人的耐性，抚育不通事理又顽皮的孩子们。父亲啊，您承受的负担太多、太重。

您勤劳善良，乐于助人。当年，您与母亲仅二十多元月薪，不仅要养活一家六口，还常常接济您的姐姐、母亲和在农村的哥哥。尽管生活困难，您还不时资助家庭困难的学生。个别学生食宿在我们家里，也从来不收一分钱。现为一家石油企业老总的弟子，谈到您当年的接济时，还不禁潸然泪下。无论邻里乡亲，还是普通群众，对您的热心与善良都有很高的评价。您下放农村当小学校长的几年，与当地的农民们关系特好，从他们那里您也学到一些农业知识。为节约开支，您在屋后空地种满南瓜、白菜、油菜、海椒等。工作之余，您常浇水、剪枝、喷药、施肥，让家人及邻居能吃上新鲜蔬菜。为改善全家的生活，您起早摸黑翻山越岭去钓鱼。鱼做好后您却一口不吃，只满足地看着儿女吃鱼，一边慢吞吞抽着叶子烟，一边笑眯眯地推口说："钓鱼人不喜欢吃鱼啊！"

您乐观旷达，志趣高雅。您对事业目标执着追求，从不轻易放弃努力。写作、象棋与钓鱼，是您终生的爱好。您生活俭朴、清苦，从不打牌，不赌博，不喝酒，后来连烟也果断戒掉。逢年过节，任凭室外麻将声声，吵嚷连天，您只把自己关在书房兼卧室，独自看书、写作。您那么喜欢写作，总是一个劲地写啊，写啊，好像永远也写不完。您经常是写了又改，改了又改，似乎总觉得不够满意，更不会轻易拿去投稿。您发表在刊物的中篇小说《人鸟情深》，短篇小说《跛狗复仇记》《大乌鸦报恩记》《家鸡生死恋》，散文《骨气》《彪蛇斗恶猫》，以及先后六次修改的剧本《三代红》，都是我视为珍宝的文学佳作。

您关爱儿女，悉心培养。您不仅教给儿女知识技能，而且还指点我们做人的道理和工作的方法。我们的价值观、人生观，也深深受到您的影响。您最大的愿望是期望子女考上大学，常挂在嘴边的一句话是：读书才是正道，才有出息啊！当我以较高分数被四川外国语大学录取时，您逢人便夸"吴家出了第一个大学生"，当时弄得我非常不好意思……您似已把我看作您生活的全部，您的精神寄托，您的希望所在！在送我进城去大学的路上，您不厌其烦地反复交代叮咛。临别之时，您几乎掏出了身上所有的钱，只剩下返程的五毛钱车费。但您口中还喃喃安慰我说："我还有，我有……"当汽笛一声长鸣，火车慢慢开动，您还在车厢外一边挥手，一边紧随车前跑，嘴里还大声喊着什么。可怜天下父母心！亲爱的父亲啊，在我的心里，这个感人的场景，让我终生铭记难忘！当时，我突然想起朱自清写的《背影》。可敬的父亲，在我眼里，您是多么平凡而伟大呀！

六年前的一天，没有一丝征兆，您突然病倒了。在入院之前，您还坚持认为自己没有大病。其实，多年以来，您早已是疾病缠身，冠心病、肺气肿、肝硬化、痛风等。为了节约钱，您一直固执地在街上医摊治疗。这次，经我们反复劝说，您终于同意住进县医院，但这一住就没有再回来……在医院的日日夜夜，您不时因病痛饱受煎熬，呻吟不已。可当从重症室推回病室，您仍旧谈笑自若，医生和病友都很感好奇："这怎么也不像一个重病患者啊！"其实，当时的您，也许已预感在世不久，但从没表现出半点忧虑、悲伤和恐惧，反而显得那么的坦然、平静。您是要在弥留之际，不给我们亲人留下痛苦与伤感呀！您一生呵护疼爱、相伴多年的母亲，总担心您会突然离去。她一边端着饭一口一口喂您，一边忍不住凄切啜泣。您总是笑眯眯地安慰她："你担心什么呀，我不会死的，我舍不得你呢，我还要活到 120 岁！"

记得那是一个周日的上午，当我悉心为您擦拭完身体，面临着是否返回单位的艰难选择时，精明的您似乎看出我的矛盾与忧虑，扬起头大声对我说："我不会死的，我还要活到 120 岁，你安心回去上班吧。"说完，您还挤出一丝微笑，这便成了您留给我的最后的话……下午，当我刚到成都，小弟即来电话说您病很重，希望我们一家赶快返回！我预感不妙，匆匆收拾行李，带上一家迅速驱车赶回资阳……

当我们到达医院时，楼上楼下正吵嚷一片，乱作一团。小弟见到我们，一下哭倒在地，口里直喊："爸爸走了！爸爸走了……"我一下子蒙了，感到天塌地陷，心碎了似的疼痛！但我仍强忍住没掉一滴眼泪。我固执地冲向病室，推门而入，病床上再也见不到您那熟悉的笑容，再也听不到您那爽朗的笑声！匆匆赶往殡仪馆，花圈、白花堆满室内外，阵阵哀乐迂回低沉。冷冰冰的棺木中您那么安详地、静静地躺着，脸上挂着一丝微笑。我感觉您是累了，似乎睡着了，但身体已经完全冰冷！看着您已慢慢变黄的脸，我的心像被刀猛烈地刺痛了！此刻，我才相信您是真的走了！追悼会后，当您被推入火炉时，我顿觉天旋地转，几乎站立不稳，姐姐们哭得昏天黑地……一道铁栅栏，隔开生与死。不曾想匆匆一别，竟是永远的诀别；匆匆一别，竟成了我永远的痛！从此，世上再也没那个叫我"三儿"的人了……

父亲，您走了，您已真正的走了！10月16日，您永远地走了！当从一个无奈的病人，到一具冰冷的尸体，再到一把青灰，被埋在公墓狭小的空间里，您已结束了平常的生命。从这一天起，我再也没有听到过您那亲切的声音；从这一天起，我再也没有了您那温暖的关爱。离开时您看我的眼神，那挂在嘴边的微笑，我一生都无法忘记！六年来的日日夜夜，无数次梦中也曾见到您，面容还是那样慈祥，语言还是那样亲切，穿着还是那么简朴！父亲，您走了，带着对儿女的牵挂，对人生的眷恋，留给儿女的是无数的愧疚与不尽的思念！

父亲，您走了，您匆匆地走了！哦，亲爱的父亲，您匆忙得没留下一句话，也没给儿女留下任何财产。但是，您把正直、善良与无私永远留给了我们，您把俭朴、勤劳与进取永远留给了我们，您把坚强、自信与对生活的热爱永远留给了我们！岁月漫漫，时间涤荡，我们对您的怀念，随时间的流逝一天天增强！多少次暗夜呼唤，多少次泪湿枕席，多少次梦中凝望！您的身影一次次清晰，又一次次模糊；一次次靠近，又一次次飘远……多少个夜晚，我望向星空，期望您同样也在看我！亲爱的父亲，您放心吧。我们一定不辜负您的期望，做无愧于人生、无愧于您的好儿女！

父亲啊，我亲爱的父亲，让我再一次深情地呼唤您：我多想，再一次牵您温暖的手；我多想，再次同您亲切攀谈；我多想，再一次与您并肩同行！可是哦，这一切的一切，已再也不能，万万不可能！我只能给您写下这封书信，一封永远不能寄出的信！虽然，您不能收到这封信，但是我希望您能听到，儿子心底对您发出的深切呼唤！父亲啊，如果有来生，我真愿再做您的儿子！思念及此，肝肠寸断，深恩未报，抱痛何及！泣泪凭吊，聊表衷肠，奉上此信，但愿您在天有知，感受到儿子的一份拳拳之心。我祈祷，我期望，父亲啊，父亲，愿天国的您好好安息！

吴卫东

二〇一七年十月十六日

骨 气

　　"文化大革命"时期，我被调到村办小学教书。因为星期六下午和星期天要到完小接受"教育"，故只好喂狗看"家"。

　　我喂的这只狗，是从社员那里买的，因为是白色，故取名白者。

　　白者渐渐被我调教得既爱干净、又会看家，还不乱吃东西、不乱咬人。

　　它长成大狗后，像高大的山羊一样威武。平时我煮饭、洗衣、晾衣服等，它便为我衔柴、衔刷子、衔绳子什么的。我从完小受"教育"回家后，悲愤掉泪，白者竟也陪着滚出了泪花……

　　一天早晨，我忽然听到家外有女孩的哭喊声。出门一看，是一年级的女同学丁小芳来校读书，路过某社员的屋前，被他家的黑狗追咬了。我上前投石打狗，它竟疯狂地向我扑来。

　　正在危急之时，白者跑来挡住了黑狗。黑狗向它扑去，它退让了几次后，毛了，仅两个回合，就把黑狗咬翻在地。

　　下午放学后，黑狗搬了许多条同伙前来复仇。我怕白者吃亏，不让它去斗。可它不断用头拱门，硬要出去见见世面。我只好开了门，但心里像十五个吊桶打水——七上八下！

　　白者走出门，在阶沿上扫了一眼四周的劲敌，"呼"的一声跃出两米多远，轻轻落在同伙中间。它怒目而视，严阵以待。那些狗见它如此凶猛威严，都吓得浑身发抖，连连后退。

众狗相持几分钟，无有敢犯者。过了一会儿，一条高大的黄狗——可能是头儿吧，它"吭"的一声，勇猛地直向白者扑去。白者灵活地一迈，黄狗扑了个空，但回头又是一扑。白者又巧妙地将身子一转。黄狗没占到便宜，就改变策略，直冲过去。白者身子一闪，旋即绕到它后面。如此，黄狗继续扑、冲、前咬、后扑，都未得手，反而张口喘气，一点力气也没有了。

白者瞅准时机，如雄狮，似猛虎，以迅雷不及掩耳之势，凶猛地扑上去就咬。仅几个回合，就把黄狗咬翻在地，踏住黄狗的前身一阵教训。另外几条狗不敢帮忙，都落荒而逃。

白者凯旋，我脸上笑开了花，忙将亲姐姐送来的鸡蛋全煮了，并亲手剥壳喂给白者。

以后十多天中，黄狗几次邀约同伙前来复仇，但都大败而归。自此相安无事。

白者十分听话，从不乱吃什么食物，给多少、放在什么地方、如何吃，它都能按我的吩咐去吃，从不争食、偷食。如果我离"家"过久，就需委托他人前来照看。不过我还得当白者的面向委托人交代清楚，否则它仍是一口食也不沾的。

1972 年冬，我要去区里学习七天，临走时我为白者烙了麦子粑 9 个、玉米粑 6 个，让它每顿吃一个，共吃 5 天，又煮了一锅玉米粥，把狗槽和钵钵装得满满的，让它各吃一天。由于自觉已安排得十分妥当，就没再委托他人照看了。

学习完的那天上午，我凑巧盲肠炎发了，痛得要死，立即被送县医院开刀，3天后才清醒了些，忙叮嘱女儿赶紧回校煮食物给白者吃。

女儿去车站买票时，恰遇到村小学附近的一个社员，于是就委托他煮食物给白者吃，说以后我回校一定加倍还他，并再三请他千万记住，喂白者吃东西时，一定要说如此这番的几句话，狗才肯吃。

谁知社员回家之时，丈母娘恰好归天，他的妻子哭着走了，他一急，也关门去丈人家了，这喂狗的事自然就抛在九霄云外了。

我伤口刚愈合，严重的心脏病复发了，于是又住院八天。

诸病刚愈，我回到家来一看，可怜的白者竟活活地饿死在门里边了！家里面的东西一样未失，它的面前，摆满了社员们送去的麦粥、豌豆粥和玉米粥，还有学生送去的桐子粑、水果糖和花生等。可这些东西一点也未动。

我抱着白者，失声痛哭，掘坑而葬。

呜呼，白者有骨气，有骨气的白者！

吴志学

彪蛇斗恶猫

1969 年夏,我吃过午饭,去屋后山那边鱼塘钓鱼。

走出屋,上坎转弯时,忽见竹林深处跑来一只大老鼠,它见了人就慌慌张张朝一边逃去。

"唬!"不知是谁,发出天崩地裂的一声。我吓得胆战心惊,身不由己,连连后退几步。停下身来,转身后看。

呵,原来是身后悄悄跟来了一只大黄猫,它见了前面的老鼠,忙施虎威,吼了一声。

鼠被镇住,昏昏然失去知觉。

猫不胜其喜,它刚要纵身捕鼠时,万没想到从竹林深处,蹿出一条追鼠而来的青竹彪蛇。它长丈许,大如农村人用的扦担。它不等猫动身捕鼠,竟抢先一口叼了鼠。

蛇咬到老鼠后,高兴得头摆来摆去,这可惹恼了在一旁施威镇鼠的大黄猫。

美食到口,岂容抢去!猫愤怒地向前一纵身子,咬住大蛇,逼它吐出老鼠来。

精明的蛇,唾液直涌地正想吃鼠,忽见一个黄黄的东西径直扑来,忙侧身一蹿。险情被巧妙地让过,猫扑了个空。但由于一心对付猫,故在猫扑来的急让中,蛇竟情不自禁地让鼠从嘴里掉了出来。鼠,早已吓得瘫在地上了!

蛇将头立起几尺高,双眼凶光四射,鲜红的蛇信子直伸直伸。它要看清楚,到底是谁胆大妄为,来势不善。当看清楚对方只是个钵钵大的小东西时,心里不由窃喜:呸!自不量力，也配跟我较量？

猫呢，见对方是又长又大的"庞然大物"，便有了百倍警觉的戒心。于是它前脚扒开，眼盯对方，耳听动静，做好一切应变的准备。

"庞然大物"雄健、凶悍，稍一举动就能致对方于死地。然而由于它身子又长又大，而且动作迟缓，后来吃了大亏。

双方仇恨相视良久。

忽然蛇头一低一扬，"呼"的一声，首先向猫发起了进攻。

猫赶快身子一歪，脚只一点，就向一边腾空让过；蛇回头见猫逃向一边，又箭般地猛扑过去，而猫机灵地向另一边跳起躲开了。

蛇左右扑不着，禁不住勃然大怒，它昂起头，一次又一次地发起猛攻。猫因心灵动作快，压根儿没损失一根毫毛。

双方片刻休息，各自暗暗总结教训，接着双方的生死搏斗展开了。

蛇一连几次猛扑不着，就改用连扑的绝招了；从左扑，向右扑，朝前扑，转后扑。猫神态清醒，对策在胸。它眼明心亮，身脚灵活，似猿猴，如鸳鸟，极快如风，骤变如云，躲过了道道险关，闯过了层层危难。

老虎搏击，是一扑、一掀、一剪；蛇猎食物，是间扑、连扑二者兼用。

蛇二者并用时，来势之猛，如山崩潮涌；其速之快，似电闪雷鸣。

猫眼尖脚灵，开初几跳几跃、几蹦几蹿，使蛇次次扑空；但在一次又一次的搏斗中，它渐渐显得精疲力竭，腿力不支。在躲让蛇连续进击中，猫不慎因收脚缓慢，转眼间就被蛇缠住了。

"喵——呜——"猫动弹不得，就竭力鼓气，霎时肚胀如鼓。

蛇身一圈又一圈地缠完了，张开血盆大口正要咬猫时，殊不知猫猛地一泄气，肚子立即凹了下去，蛇圈一下萎了下来。猫趁势将头一拱，脚一蹬，钻出蛇圈一米多远。

见猎物跑了，蛇翻身猛力连扑。皆因久战劳神、身躯不听使唤，它在使尾击猫时，动作慢了点，猫瞅准机会，以雷霆不及掩耳之势猛扑上去。蛇见猫来势凶猛，飞快身子一转，蛇头蛇身虽然躲过，但蛇尾却被猫抓住了。

蛇痛极了，奋力向左、向右、向前猛扔猛甩身体。猫像系在蛇尾上的什么东西，在空中飞来荡去。结果虽然甩脱了猫，但尾巴已被咬去一小节，鲜血长流；猫虽咬了蛇一坨肉，但被扔落地时，头触到了条石上，亦血流不止。

蛇怕吃亏，不敢恋战，咬着地上昏死的老鼠，飞快地朝竹林深处而去，转眼间就不见了，地上留下殷红的血迹，像根带子，一直牵到竹林深处。

蛇叼走老鼠，猫愤怒地几次立身要追，但身体像散了架似的，只动了几下，就再也迈不开步了，只好看着它飞快地离去。看着眼前自己头上流下的血，猫痛楚地摆着头，喵喵地直叫……

吴志学

『下篇』

剧本（吴志学

吴卫东）

三代红

剧中主要人物表

王长寿　原名王金生，中共党员，原通江县柳树乡苏维
　　　　埃主席、农会主席，后为中共红光县委书记、
　　　　达川地委常委、组织部部长。

陈二姐　中共党员，王长寿之妻，后为救落水儿童牺牲。

王成功　原名王小牛，王长寿之子。中共党员，原通江
　　　　县柳树乡赤卫队队长，后参加红军，历任红军
　　　　班长、排长、连指导员、营长、团长、副师
　　　　长、军参谋长及某军军长，1955 年授中将
　　　　军衔。

甘桂花　原名甘幺妹，中共党员，王成功之妻，地下工
　　　　作者，原通江县柳树乡人和村党支部书记。后
　　　　为柳树乡党委副书记、乡长、中共通江县委副
　　　　书记。

王爱民　中共党员，成都新民一中学生，团支部书记，
　　　　王成功之子，后参加中国人民志愿军，先后担
　　　　任班长、副排长、副指导员、副营长、团长，
　　　　1955 年授上校军衔。

李红梅　中共党员，王爱民的未婚妻，原华西协合大学
　　　　毕业，后为成都新民医院医生、副院长。

213

李四江　李红梅之父，国民革命军某部营长，台儿庄战
　　　　役牺牲的英雄。

张桂贞　李红梅之母，为救人不幸身亡。

薛乡长　通江县柳树乡乡长，后为平湖区委书记。

田三喜　通江县柳树乡苏维埃副主席，掩护群众转移时
　　　　英勇就义。

郑二虎　通江县柳树乡赤卫队副队长，在掩护群众转移
　　　　时英勇就义。

李满财　通江县柳树乡地主、通江县剿共还乡团团长，
　　　　后被人民政府镇压。

李宗贵　刘湘川军连长、营长，李满财之子，后为汪伪
　　　　某军团长，后被解放军击毙。

刘二狗　通江县柳树乡李满财的管家，后为通江县剿共
　　　　还乡团连长。

汪大成　通江县柳树乡地主、反革命分子，后被人民政
　　　　府镇压。

其他群众演员若干人。

一、序幕

字幕（红色大字）：1934 年 12 月末

　　川北，莽莽大巴山，蜿蜒绵延数十里。境内的通江县柳
树乡鸡冠山，系大巴山侧一条小小支脉，海拔一千余米。山
峦挺拔，树竹丛生，险峻雄伟。

　　山岩上，十几个红色大字"红军万岁""革命到底""打

倒大军阀刘湘"等标语，遒劲、挺拔，在阳光下熠熠生辉，使山势显得更加巍峨、壮美！

山脚下有一块 50 来米宽、100 多米长的小平坝，向左通向场镇的小路垭口，坝前面便是人来人往的土路大道。

（画外音突然响起）：

"白狗来了"

"白狗来了"

"快跑呀！快跑！"

"……"

呼喊声中夹杂着"砰砰砰""叭叭叭"的枪声，叫骂声、哨子声响成一片，在山野里此起彼伏。

接着，大地主李满财、儿子李宗贵带着十多个刘湘兵，捆押着王小牛（乡赤卫队队长）及两个赤卫队员向小平坝上走去。到了坝上，赤卫队员们站着，怒目而视，匪兵持枪四面监视。

李满财（气势汹汹地）骂道："1933 年，匪首徐向前带领几万人，流窜我们川北地区通江等七个县，你们穷鬼就忙天火地成立苏维埃政府，斗有钱人，抢粮占地。想翻天么？呸！老子还乡团一万个不答应！"

（顿了顿）他又说："狗日的田颂尧蠢猪！10 万人还奈何不了徐向前的几万人？真他妈的大笨蛋！如今刘湘总司令奉蒋总司令的命令，率 140 个团 30 万人六路围攻，徐匪就被吓跑了，你们几个穷鬼管个球用！"

他"嘿嘿"干笑几声，接着道：

"你们到西天去造反吧！"

说完，他（向匪兵）命令："举枪！——一——二——三——"

"砰砰砰！砰砰砰！"

子弹"嗖嗖嗖"地满天飞舞。

说时迟,那时快!只见乡苏维埃主席、农会主席王金生,带领几十名赤卫队员持枪火速赶上。一阵激烈的枪声,打死了四个匪兵。李满财见势不妙,带着其余的匪兵往屋后树林仓皇逃跑了。赤卫队员们得救了!

赤卫队员们欢呼雀跃。

小牛和甘幺妹在树荫下亲切交谈,有说有笑,场面十分融洽。

王金生望了望乡苏维埃副主席田三喜一眼,指了指前面不远的儿子小牛和甘幺妹,轻声说:"他俩从小在一起,性情相投,多好的一对啊!"

他又(笑着)说:"你是幺妹的亲叔叔,做他俩的证婚人,可以吧?"

田三喜说:"可以啊,我做!我做!这闺女苦命呀,很小便没了爹娘,我辛苦拉扯她十五六年了。让他们结成夫妇后也去参加红军,做一对革命夫妻吧!"

田三喜将王小牛和甘幺妹叫到面前,说:"紧要关头,我就开门见山不啰嗦了!我看你俩平时合得来,愿不愿意结成夫妻,考虑考虑再回答我。"

"好呀!"小牛高兴地跳了起来,幺妹(不好意思地)低下了头。

过了一会,田三喜问小牛:"怎么样,伢子,你愿不愿意跟她结成夫妻呢?"

王小牛说:"愿意啊,我一万个愿意!"

田三喜(又看看甘幺妹)问:

"闺女,你已经18岁了,叔叔也不能养你一辈子哈,愿不愿跟小牛结为夫妇啊？"

甘幺妹（低头，红着脸）喃喃地说："我——愿——意！"

"好！"田三喜（指着对面岩石）说："你大伯和我商定，你们的婚礼就选在'红军万岁'的标语下举行，婚礼后你俩都去参加红军！"

于是，他领着二人并排站着，面向"红军万岁"，田副主席郑重其事地呼道：

"一拜红军万岁！"

二人拜了。

"二拜父母！"

二人又拜了。

"夫妻对拜！"

二人也拜了。

王金生（含笑）对两个年轻人说："再拜证婚人田大叔啊！"

二人拜谢了。

土金生说："孩子们，现在你们已是革命夫妻了。你们的婚礼选在'红军万岁'下举行，就是让你俩永远跟党走，跟红军走，誓死不变心！"

小牛、幺妹连连说："永远忠于党，忠于红军，海枯石烂，铁心不变！"

二人欢天喜地地走了。

王金生又对副主席田三喜、副队长郑二虎说：

"估计白狗们很快还会再来！你们带领赤卫队员到后山去，顺路检查群众疏散得怎样，能走的都走，不能走的，好好安排安排。我去几家烈属、军属家看看，再来赶上你们。"

田三喜与郑二虎走了。

王金生把前后检查一遍后，也走了。

歌声由远而近，紧接着，节奏强烈的音乐声响了起来：

太阳出来亮堂堂，
川陕人民得解放。
分田分地又分粮，
禁烟禁毒打豺狼。
办学校，练兵忙，
到处一派新气象。
幸福好处哪里来？
感谢红军共产党！
幸福好处哪里来？
感谢红军共产党！

在激情有力的歌声中，银幕上缓缓迭出片名
《三代红》几个红色大字。

音乐声戛然而止。

二、紧急时刻

画外音：这是一个发生在川北老区、王长寿一家三代八
人 1933 年至 1956 年真实感人的革命斗争故事……

1. 血雨腥风（当天下午　外）
空中，天色灰暗，细雨霏霏。
刘湘兵疯狂地抢劫、殴打、枪杀根据地群众。

218

到处是被烧的房屋，浓烟滚滚。

人们扶老携幼，背物提包，四处奔忙逃难。

2. 烈属家（同日下午　外）

王金生先去村里山坳上单家独户的烈属胡幺爸家，见门上画着"V"字符号，知道人已走了，于是他也匆匆离开。

3. 军属家（同日下午　外）

军属魏大妈住在垭口竹林坝的草房里，王金生见门侧也画着"V"字，高兴地说："走了好，走了好！"

他（边走边愉快地）哼起歌来：

> 太阳出来亮堂堂，
>
> 川陕人民得解放。
>
> 分田分地又分粮，
>
> 禁烟禁毒打豺狼。

…………

4. 残疾人家（同日下午　内）

70多岁的残疾人林大伯，家住村西大堰边一间破草房里。

见王金生来，他坚决地说："我不走！我一个残疾人，怕他个球！充其量一死，但我决不会当软骨头的。"

王金生见劝他不走，便看看米罐、水缸、堆柴处，生活物资甚是齐备。

他帮大伯藏好东西后，说："那好！大伯你多保重，一定注意安全啊！"

5. 白色恐怖（同日下午　外）

王金生细心地帮80多岁的老长工何大爷收捡好东西，正对他叮嘱一些注意事项，屋外突然响起画外音：

"白狗来啦，快跑！"

"快跑啊！"

王金生刚从何大爷后屋小路跑走，李满财已带人追到屋前坝子上了。一阵翻箱倒柜的搜查后，他将卧病在床的何大爷乱打一顿。屋里一片狼藉。

沉重、悲哀的音乐声慢慢响起

画外音：在刘湘反动官兵的疯狂追捕、残酷迫害下，人们纷纷离开家园，奔走他乡，一批革命志士不幸被捕、枪杀。乡苏维埃副主席田三喜、赤卫队副队长郑二虎和几个村干部，为了掩护乡亲们逃走，不幸在被捕后英勇就义。根据地笼罩于反动派的一片白色恐怖之中。王金生率领赤卫队员开始了长达三年的艰苦游击斗争和地下工作。

6. 家庭会议（下午　外、内）

姨姐家。安岳县的一处山坡上。

屋后，山势耸立，树木葱茏，云雾缭绕。从屋内可以望见下面路上的行人，敌人来时可通过后门向后山逃走。

屋里，王金生一家四人，正在召开家庭党小组会议。

王金生说："咱们一家四人都是共产党员，在这个艰难时刻一定要时时、事事、处处做出榜样。头可断，血可流，即使敌人的刀架在脖子上，革命气节也不能丢啊！要争取做党的好儿女，相信革命一定成功。"

他提出小牛立即下山去找红军，其余人转入地下对敌斗争。

四人积极发言，逐一举手赞成决议：做党的好儿女，誓死不当叛徒！

画外音：誓言与决议，成了王金生一家几代人，风里来雨里去，冲锋不息，战斗不止，几十年革命斗争的行动指南。

7. 紧急时刻（下午　内）

一天，正在屋前玩耍的表弟小虎（突然跑进屋）说："快跑，白狗来了！"

姨姐（匆匆进屋）也直喊："你们往后山跑，我来对付他们。"

王金生从门缝看见，李满财带人正向这里奔来。

他果断地叫妻、子、儿媳带上包袱，从后门出去后分散跑开，还叮嘱姨姐打花脸、装跛子、装聋子。

李满财、李宗贵带来的一群刘湘兵，已将屋前屋后围了个水泄不通。

匪连长李宗贵与几个匪兵进屋四面张望，屋子里到处破烂，屋顶破处可见天光。他失望地摆了摆头，凶巴巴地问："你家男人呢？"

姨姐双目凝视着他，呆若木鸡。

小虎（机灵地过来）说："帮人挑货去了。"又说："我妈是哑巴，又是聋子。"

匪连长（气势汹汹）地问小虎："你家里来外人没有？"

小虎（嘴皮一闭，摆了摆头）："没有哇！"

匪连长（突然一把抓住小虎），恶狠狠地说：

"来人没有？乱说，老子毙了你！"

小虎低下头，右脚在地上画来画去。

"当真没来嘛！你打死我还是没来。"

匪连长（给了小虎一耳光）："到底来人没有？你说不说？"

姨姐见情况不对，赶快提出来两只鸡、一筐鸡蛋给匪连长，拉儿子到身后，双眼木讷地凝视着他。

匪连长叫勤务兵收下鸡与鸡蛋（瞟了姨姐一眼），"真他妈的丑婆娘！"又恶声恶气地大声说："搜出人来就是包庇，老子枪毙你们全家！"

姨姐又是木讷地凝视他。

匪连长李宗贵出来，（对李满财）说："爹，这家可能没有人来，咱们搜山去。以免耽误时间，让王金生跑了。"

李满财鼻孔哼了几声，（气急败坏地）吼道："快走，跟老子搜山去!"

说完，一挥手，几十个匪兵跟着他跑了。

三、六找红军

8. 别亲下山（早晨）

字幕推出：三个月后

鸡叫头遍了，王小牛小两口早早地起了床。

小牛说："找红军，九死一生我也不回头。"

幺妹："小牛哥，你放心去吧，我会照顾好爹妈，搞好家务的。我还要打点草鞋卖，用赚得的钱支持地下工作。"

小牛说："我不放心的是你！你年轻漂亮，最好少出门。时时防着点，免得别人打你的主意。"

幺妹（点头）说："知道啦，你放心吧，有爸妈呢，我会时时小心的。"

（过了一会儿）她又说："你知道吗？我已经有了啊！"

小牛一听，高兴得不得了："这么说，我也有后了啊"！说完，他（将耳朵贴在妻子小腹上，听了听），又说："好像没什么影响呢？"

幺妹（"恨"了他一眼）："傻瓜，崽儿才上身哩。"但又（笑道）："只是不知是男是女，你给取个名字吧。"

小牛（想了想）："还是以后请爷爷取吧。"

饭后，王金生夫妇、甘幺妹与姨孃一家送小牛下山。

母亲眼泪汪汪。

王金生鼓励小牛说："投红军是走正道，我们一家支持你，找到红军可要记住捎个信来啊！"

表弟（拉着小牛的手不放）说："表哥，我要和你去！我要去！"

小牛（有些难为情）："这——，你还小啊，再说你父母——"

姨父说："小虎别闹，你还小哩！"

小牛（拍拍表弟的肩）说："对，找到红军，我一定给你寄信来！"

表弟（高兴起来）："说话算数啊，我记下了！"

小牛夫妇别了父母及姨孃一家，上路了。

甘幺妹把小牛送了一程又一程，反复说着贴心的话儿。

到了村口，她再次叮咛道："你也是一名多次参加战斗的老赤卫队员了，嘚个打仗不用我多讲。不过我还是要啰嗦一句，打仗要勇敢，更要灵活机动，我期待你打跑白狗后安全归来。"

小牛（连连点头）："记下了，都记下了！"

夫妻俩难舍难分，紧紧拥抱后终于洒泪而别。

直到小牛身影变得模糊不清，甘么妹才慢慢收泪而归。

9. 瘸子病人（傍晚　外、内）

图像展示：天色陡暗，电闪，雷鸣。狂风暴雨中王小牛艰难前行的情景。

王小牛穿着褴褛，戴着斗笠，顶着大雨，瘸着脚，拄着棒，一步一步艰难地向阆中方向走去。

晚上，岩洞内，十分阴暗。

王小牛躺在一块冰冷的岩石上，怎么也睡不着。黑云滚滚，月光暗淡，山影模糊，冷风嗖嗖。他思前想后，满腔怒火，睁眼到天明……

10. 红军走了（下午　外）

图像展示：太阳升起又落下。月亮隐去又复出。

王小牛日夜赶路。到达阆中时，只听人说，红军已经去了南部。

他在河边捧口水喝，好饿，拉紧了皮带，又继续向南部走去。

王小牛已身无分文了，只好扮作道人，靠化缘糊口赶路。

一次，他在一家有钱人门前化缘时，不幸被刘湘兵抓住。一阵毒打后，被丢进了马棚里。

11. 马棚里（次日上午　内）

图像展示：王小牛头上、背上、屁股上，到处是斑斑带血的伤痕。

任凭匪兵如何拷打、折磨，王小牛一口咬定是安岳走亲的穷人，没泄露出找红军的半丝消息。刘湘兵一时无凭无据，只好将他又丢进马棚里。

画外音：王小牛一身是伤，一动身板就痛得要命。十多天过去了，刘湘兵见他较为老实，也没有逃跑的意思，就叫他每天倒马粪，放松了对他的管束。

一天下午，天气晴朗。王小牛挑马粪外出。
眼见四下无人，他立即扔掉粪筐，忍着伤痛，飞身向南部方向跑去。

12. 桥头上（上午　外）

图像展示：细雨霏霏，大地白茫茫一片。

画外音：王小牛赶到南部，又听说红军前日已去了昭化。去昭化必须经过前面的一座大桥，可桥上有匪兵把守。要想通过，难啦！

他正苦于无计可施时，恰巧远方来了一支迎亲的队伍。一打听，原来是省里大官娶媳，女方是县里的大户人家，嫁妆摆饰抬了一里多路长。一路上，吹吹打打，礼炮声声。围观的人越来越多,好不热闹。

王小牛灵机一动,腿不瘸了。

他将衣服反穿后,瞅空靠近一位抬轿人,(贴身低声)说:"老人家,行行好,我家有急事,让我帮你抬轿过桥好吗?"

老人盯了他一眼,看他满身疲态和一脸真诚恳切,就点了点头,让他来抬,自己则跑到后面帮人拿其他东西去了。

13.独沟关卡(下午 外)

画外音:王小牛精疲力竭地赶到昭化。又听传闻说红军已到剑阁。要去剑阁,必须经过两山相夹的独沟关卡。

"看来,今天是过不去了啊!"王小牛停步想了想,决定爬山绕道走。

他正爬山时,猛回头往山下一看,见远处两个男子抬着一个老人疾跑,隐隐听见背上老人的呻吟声。

王小牛下山,跑到男子面前说:

"兄弟,赶路的人来报信,说我妻子要生了,叫我快些回去……行行好,让我帮你抬老人过岗吧。"

那男人(十分为难):"这——这——"

背上老人(声音微弱地)说:"让他背吧——"

小牛抬着老人,向岗上走去。

男人(对执勤哨兵):"我爸爸疾病,救命要紧,请让我们过岗吧!"

说着,一边递给哨兵几个钱,一边推小牛走了。

执勤哨兵:"这——这——"

可是,人已走远了。

14. 患难之交（次日上午　外、内）

图像展示：细雨如绵，冷风如刀。王小牛在泥泞的地里，艰难地前行。

摇曳的丛林披上了一层透明的白纱，将一切变得虚虚实实，缥缥缈缈，恍若一切景物都浮动在淡淡的真空里。

他已两天没吃东西了。坚持赶到剑阁后，又听说红军去了平武。他找野菜充饥，一步一步赶到平武时，眼前一黑，昏倒在地……

当他醒来的时候，已经是第二天中午了。

他睁开眼一看，土墙草房。

他翻身要坐起来，但是一身无力，身子动不了。

一位六十多岁的老人（走来，笑着）对他说："年轻人，你实在是太累了。"（说着，扶他坐起来）

老人（对儿子）说："把蛋汤端过来。"

儿子"嗯"了一声，立即端来一碗蛋汤，很热情地递给小牛吃。

老人说："家里穷，买不起糖，只好放点盐，吃咸蛋了。"

"谢谢！我真饿呀！"

王小牛说完，接过碗，狼吞虎咽，几口把蛋吃完，又喝完汤。味道虽然是咸的，可他觉得特别香，抹抹肚子，心里不慌了。

老人又叫端来一大碗红苕，关心地说："吃太饱了要不得，会伤胃的。吃个半饱最合适，下顿又吃嘛。"

"谢谢老爹!"

王小牛实在是太饿了,一根一根地吃起红苕来。不一会儿又把一大碗红苕吃完了。他虽觉得仍未吃饱,但觉得肚里有货了,活动手脚的时候也有了力气。

老人(盯着小牛)说:"你说话谦和,样儿正派,穿着道人衣,但不是道人,是穷人吧?是穷人,我就说穷话咯。"

王小牛点了点头。

老人又说:"红军来了,离我们虽远,但沾了光。红军走后刘湘兵来,狗日的恶霸乡绅又转来了,我们穷人又遭殃了。"

小牛说:"去投红军呀!"

"四面都是匪兵,啷个去得了。能去,我早让伢子去了。"

小牛说:"怕什么,我就是去投红军的。"

他又说:"去年 12 月,刘湘带着 140 个团 30 万人六路围攻。红军战略转移后,乡亲们都逃散了。我们家从通江躲到安岳姨孃家。大地主李满财带人四处抓人,也几次去我姨孃家抓我们。我只好离开她家去投红军。我一路去过阆中、走过南部、经过昭化、再到剑阁、又过平武,今天听到你们说红军去了懋功地区,自然我要找到那里去的。"

(顿了顿)他说:"走,投红军去。怕什么,死了也是革命鬼,蛮光彩的。"

老人听完说:"好好好,我让伢子去。"

王小牛(紧抱着伢子兄弟)说:"我们是同志了。"

王小牛在老人家里养了三天伤后,和伢子兄弟一起,辞别老人,踏上去懋功地区的路。

15. 白头山下(下午)

王小牛哥俩白天赶路,晚上宿山洞。

走了两天，他们到达了懋功地区。

又走了一天。

不远处的山上，传来密集的枪声。

画外音：原来是红军的一个营与刘湘兵的一个团，在白头山下相遇发生激战。敌人分四路向红军进攻，红军分兵坚决抵抗。战斗正呈胶着状态。

图像展示：敌我展开拉锯战，十分激烈！

红军虽然人少，但众志成城，英勇地抗击着三倍于己的敌人，并一次一次打退了敌人的疯狂进攻。军旗上被打了无数小孔，但仍高高飘扬在阵地上！

敌营长李宗贵挥着手枪，不停地对匪兵们吼叫：

"冲啊！给老子冲啊，攻上去，他们快没有子弹了！"

"轰！"敌人的炮弹落在红军机枪手阵地上，两位机枪手牺牲了。

在此紧要关头，王小牛忍不住了，他（对伢子兄弟）说："走，支援红军去！"

图像展示：他俩躬身前进，暗暗接近敌机枪手，纵身跳下，用石头打昏敌人，扛着机枪转移到一个隐蔽的地方，"哒哒哒"向敌人打去。打了一阵，又转移到另一地方打击敌人。伢子兄弟匍匐向前，偷偷爬到敌炮手侧边，猛用石头砸向炮手。敌人的炮哑了。机枪发挥了巨大威力，打死了不少敌人。

小牛哥俩和红军互相配合战斗，红军用缴获的大炮、机枪狠狠地打击敌人。

敌营长李宗贵见势不妙，扔下二百多具尸体，带着残敌狼狈逃窜了。

16．参加红军（下午）

图像展示：红军营地。一些战士操练、练枪、挥刀的情景。

小牛哥俩为红军立了大功，被红军接进了红九军第二十五师师部。

因小牛父子是赤卫队员，参加过粉碎田颂尧军阀进犯的英模大会，徐向前总指挥和红九军军长、第二十五师长许世友十分熟悉他，热情地接待他俩。

徐总关心地问起红军转移后苏区群众疏散的情况。

王小牛向两位首长报告："红军转移后，刘湘兵四处杀人放火，追杀苏区群众。三喜叔、二虎和几个村干部、赤卫队员，为掩护群众疏散被捕杀害了。我们一家逃到安岳姨孃家，地主李有财又带人几次来搜我们。爹、妈、我和妻四人商议，头可断、血可流，革命气节不能丢，并决定让我来投红军，他们三人也跟着转入地下，从事对敌斗争。"

首长们听了十分高兴，赞扬小牛一家的革命精神。

小牛哥俩参加了红军。小牛改名王成功，因他作战经验丰富，又机智勇敢，让他当了红军班长。伢子兄弟改名为尹大勇，也成了光荣的红军战士。

从此，王成功随部队驰骋疆场，屡立战功。

四、地下工作

17. 云层黯淡（下午）

小牛走后，王金生夫妇、小虎等人也下山去了。

王金生四人，扮作逃难之人，白天赶路，忍饥挨饿。渴了喝点水，饿了吃点干粮。

天黑了，住进一个岩洞。

山洞十分潮湿，根本睡不着觉。望天空，愁云黯淡，看星月，乌云遮掩！

四人低声交谈，内容离不开对敌人的一个"恨"字。

18. 千里投亲（傍晚）

王金生四人艰难地走了三天。

红日西坠，一钩星月划破黄昏。

天黑时分，他们到达成都黄包车夫李大吉表弟家里。

李大吉热情地接待了王金生一家。他问了兄长情况后，说："我看这样吧，你们这几天住在这里，以后住哪里再商量决定。"

王金生（点了点头）："太感谢你了！"

19. 汤粑饭店（上午）

五天后，王金生被安排在东门尾斜街卖汤粑稀饭。王金生改名为王长寿，王二娘改名为陈大姐，甘幺妹改名为甘桂花。

饭钱，他们收得很便宜，泡茶还不收钱，由于经营有方，热情周到，一段时间后，小店生意兴隆，天天顾客盈门。

20．疯子骂街（上午）

银幕字幕：半年以后。

一天，饭店里正热闹时，一个拄着拐杖的残疾军人，边走边骂，走进店来。

"鸡巴政府！锤子政府！不管吃粮人的死活，去卖命没好处，受了伤锤子大哥来管你。"

吃汤粑稀饭的人纷纷劝他骂不得，骂了要吃苦头的。

他听了说："怕个球，老子已是二道人生了。"

一个警察（走过来）干涉他："不准你骂政府。"

他（火气更大）："你娃干涉我？老子在前方卖命时你娃在哪里？在娘肚里还没出世吧。"

警察被骂走了。

一个宪兵过来，他仍旁若无人地继续骂着：

"你们只晓得在老百姓面前拉屎拉尿，是对的就去前方跟日本兵拼啊。喜峰口战斗，老子一杆枪打死了十几个日本兵，一把大刀捅死了几个日本鬼子。"

他（问宪兵）："你娃敢不？"

"残废了，当了英雄，荣耀了几天，政府就不管受伤人的死活了。"他（问宪兵），"你娃说，伤不伤心？"

宪兵也被他骂走了。

王长寿听了，请他吃饱稀饭，临走时还送钱粮、衣物。另一些吃饭的人也送他东西。

残废军人千恩万谢地走了。

21."客人"来了（下午）

一天下午。

一个顾客迟迟不走。

店面关门时，他（对王长寿低声）问："老板，你家有大脑壳银圆么？"

长寿（谨慎地）回答："没有哇。"

"那么，有火种么？"

"这——"

长寿（眼前一亮），心里道："从家乡离开时，区委李书记曾说，以后有来借火种的人，就是上级组织派人来联系了。"

于是，他（高兴地）说道：

"有有有，就是风吹来，闪了点火。"

"没什么，火不是越燃越旺么。"

"是！是！是！"

（长寿说完，将客人引进屋内坐下）客人（自我介绍）说："我姓张，你就叫我老张吧！我是县委的联络员。"停一下，他说，"你们区李书记已调县委任职。你是王金生同志吧？李书记让我来找你。我已观察你们几天了，你们是好样的！"

长寿（拉着客人的手，两行热泪滚下来）："几个月来，我们与组织上失去联系，像断线的风筝一样心神不宁。这下好了，我们可找到组织了！"

他（双手振臂一伸），说："浑身力量可有地方使啦！"

他向老张说明自己已改名叫王长寿了。"组织要我怎么干，我们一家三个党员随时听从党的安排。"

老张（点点头，赞赏地）说："在大风浪面前，你们无所畏惧，立场坚定，都是铁骨铮铮的好党员！"

（停了停）他又说："明天下午，在东门口市场南面侧25号长青茶馆二楼，县委召开会议，你记住按时参加吧。"

长寿（兴奋地）急忙答应："好，我一定按时参加！"

22. 险情时刻（上午）

东门口，长青茶馆。

县委扩大会议秘密举行。

各区、乡汇报了对敌斗争情况后，县委李书记给大家介绍了新的形势，并对如何坚持斗争作了指示。他最后鼓励大家，艰苦的斗争环境也是考验共产党员意志的时候。黑暗是暂时的，坚持斗争，光明一定会来到！

会上，王长寿被任命为中共平湖区委副书记，甘桂花被任命为区委联络员。

画外音：王长寿与组织接上关系后，信心更足了。他一面打理饭店生意，一面利用饭店作掩护，传达指示，运送药品，转运伤员，等等，为党悄悄做了大量工作。

一天，王长寿父媳及小虎去青羊宫"走亲"（传达党的指示）。

返回时，刚走几百米，忽见县委委员薛大刚被一群国民党兵远远地追赶。

王长寿（把手一招）："跑这边来！"

大刚跑到身边，王长寿灵机一动，将毡帽扣在他的头上。（对媳妇）说："你装病，他背你。"

又对小虎说："你快向那边跑！"

媳妇点了点头。大刚把"病人"背上后，他们疾步向另一条小巷跑去。

王长寿从正面迎了上去，"抓共产党"的声音越吼越近。

转眼十几个国民党匪兵追了过来。

"看见有人跑那里去了?"

王长寿（向小虎跑的方向一指）："刚才有一人向那边跑了。"

匪兵们继续向前追去了。一会，远处传来"叭叭"几枪响。

大刚得救了，小虎不幸牺牲了!

大刚握着王长寿的手说："谢谢你，长寿同志! 我赶着给县委送份重要文件。"

长寿："不谢，应该的。你多保重!"

两人握手而别。

23. 抗日烽火

银幕大字：1937 年 7 月 7 日

画外音：抗日战争全面爆发后，中国共产党与国民党及其他党派结成广泛的抗日民族统一战线。在抗日战争的正面战场和敌后战场，中华民族的优秀儿女们以自己的鲜血和生命，英勇顽强地抵抗日本侵略者。

图像展示：

台儿庄战役。李四江团长等率国民党官兵挥舞大刀，与日寇进行白刃大战、最后壮烈牺牲的情景。

百团大战。王成功营长率领八路军炸毁日寇机场的

235

情景。

县城。长寿率领武工队员铲除日特及汪伪团长李宗贵等的情景。

乡村。桂花带领乡亲们割麦、送粮、支前的情景。

美国珍珠港。美军舰被日本军机轰炸的情景。日本广岛、长崎被美国投放原子弹的情景。

苏联红军出兵东北、全国大反攻的情景。

画外音（继续）：经过十四年的艰苦卓绝的英勇战斗，伟大的中国人民终于取得了抗日战争的全面胜利。

图像展示：各地载歌载舞，欢庆抗战胜利的情景。

毛主席、朱总司令、刘少奇、周恩来、任弼时等与延安军民联欢的情景。

王长寿一家与李书记、薛大刚、老张等站在一起，通江人民欢庆抗战胜利的情景。

画外音（继续）：可是，蒋介石却大肆抢夺抗战的胜利果实，片面撕毁了和平协议，又将中国人民推入了内战的深渊。

图像展示：国民党军车驶过、官兵行军，以及国共两军激战的情景。

24. 地下隐室

银幕大字：1946 年春。

画外音：王长寿继续从事党的地下工作，他已担任中共成都市西城区区委副书记了。

汤粑饭店。

一天，西城区两个委员急匆匆地跑来店里，（压低声音）对王长寿说："快！有几个特务追我们。"

王长寿二话没说，飞快将二人带进内室隐坑里。

一会儿，他从容地走出来，（很小声地）对吃汤粑稀饭的顾客说："你们就说店里没来外人咯。"

几个特务冲进店里，里里外外查看了好大一阵，失望地走了。

天黑了，二位同志从隐坑出来，握着王长寿的手，连声道谢。

25. 冤家路窄（上午）

一天，王长寿正在招呼顾客时，一个壮年人从店外经过，眼睛滴溜溜地打量着店里，又狠狠地盯了他几眼，然后飞快地跑走了。

王长寿心头一惊，这不就是杀人不眨眼的大地主李满财的管家刘二狗么，他一定会带人来抓我们的。

他立即对妻、媳说："我们赶快走！"

三人刚从后门离开，李满财、刘二狗带着十几个匪兵，将饭店四周团团围住。吃汤粑稀饭的顾客们，被一个一个打了出去。坛坛罐罐、锅盆碗盏、针笼帐被全部被砸烂或烧毁，值钱的东西也被抢走了。

26. 新任书记（上午）

银幕大字：1949 年 10 月，四川解放。

画外音：1950 年 3 月，王长寿调任中共红光县县委书记。

上任那天，他上穿旧蓝布衣服，下穿补疤裤子，脚穿草鞋，头发半白，胡子拉碴，跟一般的老百姓差不多。

他来到红光县委门口时，哨兵拦住：

"老乡，这是县委办公地，请到其他地方去吧，不要妨碍领导们工作。"

长寿说："我进去办事。"

哨兵说："有介绍信才能进。"

一个要进，一个不让进。

这时，县委副书记肖林见了，忙上前拉住书记的手，热情地说：

"你好，长寿同志，我们按照地委李书记通知，正要派车接你。没想到你便衣徒步，被挡驾了，哈哈，欢迎！欢迎！"

王书记（笑着）说："接到组织调任通知后，就是想早点来熟悉熟悉，一来向同志们学习，二来多了解一些情况！"

"好，好！"肖林说完，（掉头）问门卫：

"你知道他是谁么？"

门卫回答："他没亮介绍信，我咋个知道是哪个呢。"

"他就是新上任的县委王书记呀！"

门卫（惊得张大嘴巴），"这——"但马上回过神来，双脚一靠，手举至头上，敬礼道："书记同志，我错了，请批评！"

"你坚持原则，很好！"王书记谦逊地说："我不亮出介绍信，就是要考察你责任感如何。"

门卫："我可能不过关！"

王书记："过关，过关，该受表扬。"

"谢谢书记。"门卫高兴地笑了。

长寿在肖副书记陪同下，向县委办公楼走去。

27. 风格千秋（上午）

画外音：正当王长寿在新的工作岗位上努力工作时，一件不幸的事情发生了。

1950 年 5 月的一个星期天，陈二姐在河边洗衣服时，三个儿童在河边钓鱼。

一个儿童提竿拉鱼不慎，一脚踩滑跌进河里了，另外两儿童去拉，也跌进河里了。

陈二姐见了，急忙去救人。

她手捏衣服一角，将另一角甩了出去，连声喊道："抓住衣服！抓住衣服！"

她连连救起两个儿童。但在救起最后一个儿童后，因体力不支，光荣牺牲了。

画外音：《四川日报》以"风格千秋"为题，报道了陈二姐为抢救儿童光荣牺牲的消息，全川人民无不翘指称赞，每天去悼念的人很多很多！

送葬这天，戴白花的人成千上万，哭声震天。

三个被救儿童哭得特别伤心！

"向共产党员陈二姐学习"，声音响彻天际，鞭炮声充斥着好几条街……

五、投笔从戎

28. 报名参军

画外音：1950 年 6 月，美帝国主义冒天下之大不韪，纠集 20 多个国家组成联合国军，兵力多达 42 万人，悍然发动了侵朝战争。战火烧到了我国领土鸭绿江边，激起了中国人民极大的愤慨。

图像展示：全国各地示威游行，愤怒声讨美帝罪行的场景。

（电台广播、报纸载文）

"全国人民团结起来，向美帝国主义作坚决斗争！"

"我国必胜，美帝必败！"

"抗美援朝，保家卫国！"

"反对侵略战争，保护世界和平！"

画外音（继续）：人民群众纷纷捐钱、捐物买飞机、大炮，决心书、请战书雪片似地向各级政府飞去，广大学生中的热血青年纷纷要求报名参军。

画外音（继续）：1950 年 7 月，成都市新民中学高中二年级八班团支部书记、青年学生王爱民也报名参军了。

29. 丛林密会（月下　外）

入伍前，王爱民同学和知己——18 岁的班干部李红梅同学，在月下丛林中甜蜜地约会了。

爱民："我报名参军了！我去部队要好好干，顺便了解爸爸的下落。"

红梅："我的好班长，这事怎么从来没听你提起过呢？"

"我也是才听娘说的，现在不就跟你说嘛。"

"啊？"

"1933年，红四方军总指挥徐向前同志，率领红军到了川北通江地区，接连在7个县创建了苏维埃政权。我爷爷王长寿，当时叫王金生，是通江县柳树乡苏维埃主席、农会主席，我爸爸是赤卫队队长。红军粉碎田颂尧10万人的围攻后，刘湘又奉命带140个团30万人六路围攻。红军战略转移后，我们一家也躲到安岳姨嬢家。我爸王小牛就是那时投红军去了。他作战勇敢、灵活，应该不会牺牲的。"

"哦，你有一个多么光荣的革命家庭哩。"红梅说。

"我爸李四江，1934年被国民党拉去当壮丁。在台儿庄战役中，他是张自忠将军手下一个团长。他们17师一个连57把大刀与300多个敌人浴血拼杀，保证了整个战役的最后胜利。可是，在连续砍死十几个鬼子后，他中弹牺牲了。我家虽然得了个烈士牌牌，但比起你家的光荣就差远了。"

她接着又说："我毕业后要去考医学院，学好医术，多医病人，做个好医生。"

爱民（笑着）："我不放心的是你，怕人抢去！"

红梅："放心，我发誓：非你不嫁。"

爱民："少出头露面，处处警觉些。哦，教你的拳术要坚持练下去哈！"

红梅："放心吧！你要为国立功，多杀敌人。"

她（将亲手缝的"红布包"深情交给他），说："见物如见人啊。"

两个年轻人紧紧抱吻在一起！

30. 送郎远征（上午　外）

画外音：抗美援朝！保家卫国！保卫世界和平！

画外音（继续）：为保卫世界和平，1950年8月，四川省党政军各界在人民公园举行了隆重的欢送仪式，欢送志愿军入朝抗美。

红旗似海，锣鼓震天，鞭炮齐鸣。
"打倒美帝，援助朝鲜！"
"中朝必胜，美帝必败！"
口号声、欢呼声，此起彼伏，响彻云天！

省委、省政府及驻军领导讲话后，赴朝部队首长讲话，各界代表讲话。

在"雄赳赳，气昂昂，跨过鸭绿江……"的歌声中，赴朝部队在几万市民的夹道欢送下，踏上火车，离开成都。

王爱民上车时向送行群众告别，手挥"红布包"向恋人告别！

图像展示：红梅双手竖起大拇指，鼓励爱民英勇战斗；爱民挥动"红布包"后又握紧拳头，表示多杀敌人，多立战功！

六、重回故土

31. 重回故土

画外音：1951年上半年，甘桂花同志回到了故土——

通江县柳树乡人和村，积极投身到土改斗争中去。

柳树乡人民广场（原村外小平坝）。

在政府召开的万人批斗大会上，甘桂花向群众控诉了地主李满财残害她的父母和其他群众的滔天罪行。

"我爸甘大成在李满财家帮长工，顿顿吃不饱，受尽剥削，受尽压迫。一天，他饿昏了，在沟里捡了半截甘蔗吃。大地主李满财看见，几拳几脚把我爸打翻在地。叔叔田三喜背他回家时已经说不出话了。爸爸向我指了指胸口，口里鼻里流着血，含泪闭上了眼睛……母亲上门找李满财评理反被他奸污，她回家含恨上吊了。5岁的我便成了孤儿，靠三喜叔叔和乡亲们的帮助，才活了下来直到今天。"

甘桂花（大哭起来）："我好苦的爹娘呀！"

甘桂花继续揭露："红军战略转移后，我公公乡苏维埃主席王金生去检查烈、军属的疏散工作时，李满财带人抓我们；我们逃到姨嬢家，他又几次带人来抓。小牛哥就是那时去投红军的。我们逃到成都卖汤粑稀饭，他又带宪兵抓我们。李满财真的恶贯满盈、该千刀万剐的大坏蛋啊……"

群情震怒，群情激愤：

"血债要用血来还！"

"坚决镇压恶霸地主！"

贫农王二满，揭露李满财强占土边一丈多宽。

下中农李友光，揭露李满财拳打脚踢佃户。

贫农丁一山，揭露狗在地主家拉了屎，李满财都追上门，要赔偿费。

贫农陈友山，揭露地主的牛吃了他家庄稼，不赔钱还出手打人！

批斗会一直开到下午两点。

下篇 剧本（吴志学 吴卫东）

243

最后，地主李满财、地主梁国财，恶贯满盈，上级宣布判他们死刑。二人在距离会场百多米远的土坡上被枪决，结束了罪恶的一生。

管家刘二狗因揭发有功，又带人挖出地主家的粮食，被判劳教，从轻处理。

群众欢声雷动，口号声响彻云天！

七、人民公仆

32. 走马上任（中午　外）
甘桂花担任了柳树乡人和村党支部书记。

一天她从乡里开会回来，煮好饭刚要吃时，会计田小英（跑来报告）说："五生产队孤人杨婆婆，病重倒床，咋办呢？"

甘支书（斩钉截铁地）说："医！"

田会计："钱呢？村委会里没有这笔开支。如挪用经费，其他急事咋办？"

甘桂花心想："是啊，挪用了集体经费，如遇其他急事咋办？动员干部、群众资助，也没几个钱。"

她（略想了一想），说："我给！"

说完，（从身上摸出 30 块给田会计）说："找两个人抬去乡医院医，过一会我就来。"

田会计走后，甘桂花急忙回家，在内屋墙角洞里，找出与李雪梅母亲张桂贞在成都做生意分得的钱，全部拿出来放进内衣兜里，一口饭未吃就走出门了。

33. 医院病房（中午 内）

大雪纷飞，银装素裹，到处白茫茫一片。

甘桂花和田会计，守在病人杨婆婆身边，寸步不离。

突然，杨婆婆惊叫起来，"快、快、快！我要屙……"

话未说完，她忍不住，"噗噗噗"屙了一裤子稀屎，弄脏了床铺用物。

支书和田会计哭笑不得，但争着为她做事。

二人轻轻揭开被子，那股腥恶的臭味、难看的黄泥、稀糊的粪便，着实使人难受。

她们一人拉下垫褥，用水洗后去屋外晒；一人用热水给杨婆婆洗屁股，换上干净的内裤。二人毫无怨言，没露一丝不悦的脸色，默默无闻地抢着干。

不知怎么，杨婆婆却伤心地哭起来。

甘桂花（惊异地）说："婆婆，是我们对你关心不够，照顾不周到吗？你千万别哭伤身子啊！"

田会计说："我们有冒犯的地方，请多多批评，切不可——"

杨婆婆（揩揩眼泪，拉着二人的手），激动地说："我不是嫌弃你们什么，而是想起了十多年前的痛苦往事——"

"那也是一个大雪纷飞的上午。我帮地主干活时，他儿子泻肚子弄脏了衣裤。我拿衣裤去洗时，冷得双手发痛。刚站起来向手吹几口热气，被地主看见了，骂我偷懒，打我在水里，我爬起来跑回家烤衣裤。那时穷人只有一身穿的，脱了出不了门。地主找上门来骂我不上工，根本不听解释，拖我下床猛打。杨大伯干活回来拿烟，问明原因后，说了几句他不讲道理的话，反挨了一顿打。地主还去串通保长，把我的独生子拉去当壮丁，后来听说死在外面了，连尸体也未找回来啊！"

杨婆婆说："同是落雪天，同是洗脏物，两种不同结果。

新社会好，共产党好，社会主义好啊！"

甘支书、田会计听了，解释说："这是我们应该做的！"

说完，三人抱在一起，笑了。

34. 促膝谈心（晚上）

甘桂花在第8组张学东家里，与他两口儿倾心长谈。

甘支书："你们两口儿明事理，上进心强，表现好，我心里实在高兴！"

张学东夫妇听了，心里乐滋滋的。

胡玉芳："他劲头可大了，还积极——"

甘支书："还积极什么？"

"积极搞好生产呗。"张学东接口说，"我建议村里办一个夜校，给老师点钱或记工分都行。说实在话，没文化拿什么搞建设呀。"

甘桂花："你的想法很对，村里已经打报告请示了，批示下来就干。"

张学东（高兴地差点跳起来）："我要读书了！"

甘支书（盯着胡玉芳）问："你刚才说他积极什么？说呀！"

胡玉芳："他请人代写入党申请书了。"

甘桂花说："好哇！好哇！"

她（对张学东）问："你为什么要入党啊？"

张学东（坦诚地）说"像你一样当官做事，多光荣啊。"

甘支书（严肃地）说："入党不是为了升官发财、名声好听，而是为祖国、为人民、为全人类共产主义的实现而奋斗终生。入党就要把自己的一生交给党安排，在党的各项工作中起模范带头作用，不做对不起党的任何事情。在任何严峻的情况下，经得起考验，永不叛党！"

张学东听了十分激动："我明白了，请党考验我吧！"

甘桂花（问玉芳）："你爸是县委干部，哥又是区委副书记，条件很好，你为什么不争取呢？"

胡玉芳（脸红了）："我也行么？那从今天起，我就积极创造条件。"

甘桂花说："你们组有180多人，没有一个党员啊！"她殷切地说："希望你俩带个头，敢于顶住歪风邪气，把本小组搞好起来，积极争取入党。"

张学东两口听了，保证说："请支书放心，我们一定以实际行动争取入党。"

甘桂花从怀里摸出一本红布包着的党章，起身慎重送到张学东手上，说：

"夜校即将开校了，认识字了你俩就认真地学，认不得的字就问，理解不了意思的就相互研究，不懂就找我给你们解答。"

月下，三人的手紧紧拉着，微笑着，心里甜蜜蜜的。

35. 夜校课堂（晚上）

村小教室里，灯光如昼！

教室里坐满了人，每人面前摆好了《识字课本》、笔和本子。

上课前，甘支书作了动员，强调学习文化对国家建设的重要性，勉励大家认真听课，积极作业，还说半年评一次学习先进，还要戴红花、领奖状、上墙报呢。

学员们听了，学习劲头提起来了。

这晚第一堂课，由村小的吕老师讲。

她先教生字，再练笔画，并带着大家书写横、撇、捺、点、竖、弯、勾。

随后，她又教学员们朗读课文：

"毛主席万岁!"

"中国共产党万岁!"

"没有共产党就没有新中国!"

…………

接着,吕老师给大家讲词义和用法,并造句示范。

教室里次序井然,除了老师的讲课声、蟋蟀"吱吱"的叫声外,安静得什么声音也没有了。

下课时,吕老师说:"吃水不忘挖井人,翻身全靠共产党。我们今天能坐在这里学习,能够过上自由幸福的生活,全是共产党、毛主席给我们带来的啊。今天,我要教唱一首歌曲,请大家牢牢记住,天天唱下去。"

说完,她将歌词写在黑板上,饱含深情地教大家唱:

"没有共产党就没有新中国——"

(音乐声和激情的歌声响了起来)

"没有共产党就没有新中国,

没有共产党就没有新中国。

共产党辛劳为民族,

共产党一心救中国,

他指给了人民解放的道路,

他领导中国走向光明……"

歌声划破乡村寂静的夜空,传到很远、很远……

36. 浴血搏斗(深夜)

画外音:在革命斗争的风浪中,甘桂花很快地成长起来,担任了中共通江县柳树乡党委副书记、乡长。

银幕大字:1951 年秋。

248

月色朦胧，天光幽暗。

甘桂花乡里开完会回家，已是深夜一点钟了。

当她从保管室侧边路过时，抬头瞧见一个黑影从保管室后边钻出来，见人来撒腿就跑。

甘乡长（边追边喊）："谁？站住！干什么的？"

没有回声，黑影风一般快地跑开。保管室里，渐渐冒出黑烟。

"不好，坏人放火烧保管室了。"

甘乡长边追边大声呼喊：

"抓坏人呀！坏人烧保管室了！"

接着守保管室的人也喊了起来：

"抓坏人呀！坏人烧保管室了！"

坏人见有人追来，便拼命地跑。甘桂花从侧边赶去追上坏人，伸手抓住他的衣角。那人一掌打过来，甘桂花脸上火辣辣的痛，脑子"嗡嗡嗡"地响。（但她仍没丢手）仍是大声喊道：

"抓——坏——人——"

坏人又一掌打过来，甘桂花咬紧牙关不松手。坏人狗急跳墙，抽出身上的水果刀向她刺去。她一侧身被刺进右边胸口上，血涌了出来，洒在地上，溅在坏人衣上。她仍不松手，身子被拖了一丈多远。

坏人穷途末路！怕有人追来，更吓坏了，忙用水果刀"哗"的一声，划掉了甘桂花拖住的那块布，不要命地跑了。

甘桂花躺在血泊中，人昏死过去了，右手仍紧紧捏住那块滴血的布条……

37. 难逃法网（夜）

开完会后，区委薛书记及两个乡干部刚走出乡办公室不远，突见一个黑影飞快地跑。

"站住！干什么的？"

三人见黑影不停下，断定是坏人，就三面包抄，最后将坏人抓住。

拉开蒙脸黑帕，电筒光脸上一照，原来是劳改释放犯——刘二狗！

大伙见他衣上有血，又是惊慌的样子，连连追问。见后面又有几人追上来，他搪塞不了事实，只好被迫承认去保管室雕洞、扔火烧保管室及刺伤桂花等罪行。两个干部将他捆了，送到区派出所去了。

薛书记急跑到出事地，保管室外已围了一大堆人。人们不断地喊："乡长——乡长——"

他拨开人群一看，血泊中的甘桂花乡长，脸色煞白，不省人事，脉搏跳动十分微弱，生命处于危难之中——手中还紧紧捏住那块滴血的布！

38．心系集体（夜）

甘桂花被抬进乡医院里紧急抢救。何院长亲自为她验伤、切脉、消毒、打针、包扎伤口、吃药、输液，医生、护士们个个忙得满头大汗。

第二天，闻讯去医院看望的人络绎不绝。

昏迷中的甘乡长，仍念念不忘地喊：

"抓——坏——人——快——抓——"

"保——管——室——"

话未说完，人又再次昏迷过去——

在场的人们感动得热泪盈眶。

经过医生的精心治疗，一个月后，甘乡长伤愈出院了。

八、死灰复燃

画外音：新中国成立后，敌人不甘心他们的失败，向新生的红色政权发动了猖狂的进攻。一场全国性的镇反运动开始了！

39. 燃眉之急（下午）

甘桂花乡长正在开会。

甘桂花的邻居、社员罗田川上气不接下气，跑来说：

"甘——乡长，你家——失——火——了！"

甘桂花一听，向书记请了假，急忙赶回家去。

燃眉之急！会议停止，乡干部们也纷纷向乡长家跑去。

40. 黑手是谁？（下午）

甘桂花赶回家时，屋里浓烟滚滚，火光冲天！

不少群众、干部赶来救火。泼冷水、拆屋架、抢东西，人人汗流浃背，脸黑衣脏，谁也不说一句怨言。牢改释放犯汪大成，也"积极"地赶来救火了。

画外音："大火扑灭了！三间房屋被烧，三头猪被烧死，粮食烧坏无数。"

41. 疑窦丛生（上午）

乡长家失火，乡干部们进行了热烈的讨论。

在对乡里"四反"分子逐一排查后，认为地主分子汪大成嫌疑最大。

民兵排长李大海反映说："那天收工回家，我看见汪地主从乡长屋后过。我问他为什么今天要从那里过，他回答说找草药。说完拿出薄荷、车前草之类药给我看，我当时便让他走了。"

他（猛拍一下桌子）说：

"我现在突然想来不对呀！他找草药应该是新鲜的，可那天我看到的药是蔫的，在这短暂时刻他会干什么呢？很值得怀疑。"

干部们一致认为：这确实是一大疑点，值得深入调查。

42. 顺藤摸瓜（夜）

乡办公室里，灯光明亮照着。

乡、社干部详细研讨纵火案。

治安员老朱说："贫农李二哥向我反映，在乡长家失火前，他亲见汪地主向屋里扔什么……不久罗田川便上门喊乡长家失火了，这难道没有联系吗？"

乡治安严主任（从身上摸出一个纸烟盒，扬了扬）说："这是乡长家失火那天，贫农赵大柱从乡长家不远的黄荆笼里捡到的，他当时就交给了我。这东西我调查了本区八乡100多家烟店没卖的，但地主汪大成家就有。他说是从十几里外的外县商店李二桂处买到的。"

他（顿了顿），又说："有烟，用烟点燃，自然会引起燃烧，但洞是谁戳的呢？"

众干部："对呀，洞是谁戳的呢？"

43. 真相大白（中午）

治安员老朱赶场回家，贫农胡玉芝向他反映了一个重要问题。

她说："那天，张小鹏小朋友与我儿子跳木马跌伤了，我叫儿子赔礼送5元医药费。他哈哈大笑说'谁要你的钱，汪地主拿 20 元给我还不要啦.'下午放学,我找到张小鹏,左哄右诳后,他告诉我,他亲眼看到汪地主在甘乡长屋后墙上用梭标凿洞。他说有蛇钻进去,要进去捉出来,并拿 20 元送他,说不准对任何人说,说了非整死他不可,所以他就没对谁说过。今天,你们都向着我,所以他就不怕了。"

众人一致认为,这个情况十分重要。

三天后的下午,在乡办公室。

严主任亲自询问张小鹏关于汪地主戳洞的事。

张小鹏一五一十说了事情经过。

老朱问他:"你敢不敢在群众会上揭发汪地主戳墙洞的事?"

张小鹏(拍了拍胸口):"我敢!我敢!"

母亲(高兴地把他抱到面前)连连表扬说:"娘的好儿子!好儿子啊!"

干部们和张小鹏都笑了。

在铁的事实面前,依靠强大的政策攻势,地主分子汪大成被迫交代了买烟、戳洞、纵火的犯罪罪行。

严主任派 2 名治安员把他押送到县甲。

44. 悬案破了(下午)

一天下午,乡政府收到云南大学寄来的一封信。严主任拆信看内容——

检 举 书

我叫伍成章,通江柳树乡人,现为云南大学二年级学生。1952 年寒假返家,我看见陈社长小儿子明明,被劳改释放犯汪大成骗去鱼塘边,在他看鱼时推下水去。我跳下水救起明明时,他已经被淹死了。我拉刘二狗去乡里,他哭着跪下求情。温情主义害得我当时包庇了杀人犯,使他没及时受到应有的惩处。今天我要高声疾呼,将杀人犯汪大成送上断头台，使明弟含笑九泉，还他的父母一个公道。

检举人　云南大学二年级物理系

1956级1班学生　伍成章

严主任看完信（深深出了口气）："多年的悬案今天终于破了！"

他立即向乡党委领导汇报，并以乡政府的名义向云南大学党委写信，请学校表扬伍成章同学爱憎分明的精神。

45. 公判大会（上午）

主席台前，巨幅标语："通江县柳树乡公捕公判大会"，坝上坐了上千人。

大会开始。在甘桂花乡长讲话后，治安严主任宣布：

"将强奸幼女犯人和社五组李保中，贪污盗窃犯柏树社六组孙有富，行凶杀人、猥亵妇女犯大田社一组陈一喜，造谣、惯偷犯大湾社四组宋孝弟等押上前台！"

四人被押到前台，严主任逐一念了《逮捕证》，四犯罪分子分别按了手印，然后被反手捆着。

接着，严主任宣布："将纵火杀人犯黄吉仁，故意纵火犯、杀人犯汪大成押进会场！"

会上，参加批斗罪犯的人很多，揭露并批判了以上各犯的种种罪行，大会一直开到中午。

最后，县法院王院长宣布："纵火杀人犯、地主分子黄吉仁，故意杀人犯、纵火犯、反革命分子汪大成，二人罪大恶极，证据确凿，经报四川省高级人民法院复核，判处黄、汪二犯死刑，剥夺政治权利终身！"

二犯随即被押赴刑场，在距会场百余米的土坡上，结束了罪恶的一生。

接着，王院长继续念道：

"判处行凶杀人、猥亵妇女犯陈一喜有期徒刑十二年！"

"判处贪污盗窃犯孙有富十年！"

"判处强奸幼女犯李保中有期徒刑八年！判处造谣、惯偷犯宋孝弟有期徒刑八年！"

数犯低头，被四名法警带走了。

广场上，群众热烈欢呼，掌声雷动！

九、精神可贵

46. 立功喜报（上午）

1953 年。一天，甘桂花吃过饭不久。

一阵锣鼓声由远而近地朝她家响来，接着便响到家门口了。

区委薛大刚书记双手捧着一张红色的纸张，向着甘支书声音洪亮地念：

喜 报

志愿军某部王爱民副营长，在第三次战役中率领全营战士，完成了英勇阻击敌人的任务，并指挥全营战士机智勇敢巧袭敌人团部，活捉敌团长，生俘敌兵一千余人，缴获敌轻重武器无数。兹对×部×团×营战士给予通报嘉奖，并授予副营长王爱民、教导员李新大功一次，三排排长尹大勇二等功一次。

特此嘉奖！

中国人民志愿军司令部

×年×月×日

念完喜报，在锣鼓声中，薛书记将喜报贴在正屋墙上第四张立功奖状右边。

在热烈的掌声中，英雄母亲讲话。

甘支书（谦逊地）说："爱民能完成战斗任务，活捉敌团长，俘敌千人，全靠党的培养和战士们的勇敢战斗。我一定写信鼓励他谦虚谨慎，戒骄戒躁，多立战功，多打胜仗，做优秀共产党员和光荣的人民战士。"

47. 口碑争传（上午）

画外音：李红梅的母亲——四十多岁的张桂贞深感右肋刀割似的痛，三个组员抬着她往城区医院就医。

人抬走了，邻里乡亲们议论纷纷。

孙老头说："她可是个好人啊，二十多年没跟谁红过脸、扯过皮、吵过架！"

李大娘说："她爱帮助人，讨口的、残疾的、患病的，有钱拿钱，有粮给粮，是出了名的大善人呀！"

邹大哥说："她很爱干净，房前屋后，鸡圈兔笼打扫得干干净净，真难得呀。"

刘小妹说："她爱小朋友，帮做事，给糖果，有时给他们讲故事，鼓励他们好好学习，天天向上！"

人被抬走半天，夸奖声还在持续……

48. 舍己救人（下午）

张桂贞坐在挂号室侧边板凳上。

不远处坐着一个男子，正用手捶胸大哭："我无能呀！

我无用呀！娘都保护不好，我算什么男子汉！"

张桂贞听了，忙叫服侍她的丁嫂，去问问那个大哭的人，他娘得的是什么病。

丁嫂心想："她是个热心肠的人。知道那个病人的实情后，不知又要怎么样做呢！"

丁嫂问明那男子情况后，对张桂贞说："他娘胃穿孔了！再过一会不动手术人就完了。他家离城七八十里远，人地两疏，借不到钱只好等死了，所以他就——"

张桂贞听了，心里默了一阵，咬紧牙关故意在胸口右肋上捶了几捶，装着如无其事的样子，实际上她额头上已汗珠滚滚了。

她心想："自己的病可以缓一缓，不要紧的。"

于是忙从身上摸出 60 元钱，忙叫丁嫂给那男子送去。

"快，救人咬紧！快开刀！不要耽误时间，钱不用还了。"

在张桂贞再三催促下，丁嫂给那个男子送去了钱，并向那个男子说明张桂贞吩咐的话。

那男子得钱后，向张桂贞再三谢恩，急忙去交款处交了钱后，"咚咚咚"背着他娘去了手术室。

张桂贞面含微笑，望着那男子背着他娘走后，又请丁嫂及时赶回家，去向屋侧周大娘借钱。

丁嫂匆匆回家借钱。约 3 小时后，才赶回交了费，之后便带她去诊断室检测。

图像表明病情巨变。

医生批评说："如此严重的盲肠炎，为什么不早些时候送来。早来两个小时也好呢，如今迟来一步，石子穿孔了。"

丁嫂听了，吓得手脚无措。

她（眼泪涟涟）："刚才她把钱给一个病人，是我回家借钱才来耽误了……"群众听了张桂贞的话，看到她乐观、从容的态度，对她舍己救人的高尚风格，纷纷赞不绝口。

"自己的病都不顾，一心想着别人，风格实在高啊!"

"拿钱给了别人医，不顾自己病重，精神多么伟大啊。"

丁嫂听了，呜呜呜哭得更伤心了。

张桂贞对丁嫂（艰难的笑着）说："不怪你呀! 是我自己坚持要这样做的! 没什么，只要她好，我值!"

说完，额上汗珠滚滚，人昏了过去。

醒来她还问道:

"大——嫂——开刀——没——"

话未说完，她脸上堆着微笑，慢慢闭上了眼睛。

张桂贞去世的消息传开后，开完刀的大娘热泪盈眶，她儿子更痛苦不已。

画外音：张桂贞舍己救人的无私精神，《四川日报》予以热烈报道，各界群众反响十分强烈。

在华西协合大学学习的李红梅同学见到报道时哭了。

她哭着请假回家安葬了母亲，又返回学校去读书了。

画外音：返回国内在军校学习的王爱民团长，拟文在报上发表文章，赞扬未来岳母高尚的无私品德。

甘桂花得知张桂贞为救别人而牺牲的事迹后，激动得哭了好几场。

地区组织部部长王长寿同志，为未婚孙媳母亲的光荣牺牲而著文赞颂。

十、白衣天使

49. 乐于助人（上午　外）

成都市民主街红星医院。

李红梅从华西协合大学毕业后，分在医院工作两年多了。

一天，二挂号室里，一中年男子和一双儿女扶着一位妇女号啕大哭。李红梅医生因事从此经过，了解到病人患肺结核需要住院，城里没有亲戚、没有熟人，经济困难等情况后，主动走向前去对他们说：

"走，住我寝室去。"

男子说："那你又去住哪里？"

他儿女也问："你住哪里？"

病人无力地说："不——不能呀。"

"我附近有亲戚，天天赶车来上班就是了。"

说完，李红梅硬将四人带进自己寝室去了，并摸出 60 元人民币给病人家属后，又给病人切脉、观察病情。

男子和儿女感动得连连感谢。

50. 鲜红的血（傍晚）

暮色已悄悄降临。

病人儿女劝李医生："你快回家吧！太感谢你了，明天天蒙蒙亮你又要赶车来上班，回去还得一个钟头啊！"

"没什么，我挺得住！"

给病人切脉后，李红梅笑着说："脉是好多了，但贫血体弱，急需输点血才行。"

接着说："给你检查身体验血时，我知道她和我的血型相同。"

她（拉着病人的手）说：　"走，去手术室，输我的血吧。"

男子和儿女（连连摆手），满口谢绝："不不不，你已经送钱了，还要输血，我们实在过意不去呀。不输！不输！"

李医生强调输血的重要，耐心说服了男子和子女，最后将自己的血输进了病人身上。

不多时间，病人的脸色渐渐好看一些了。

男子和一对儿女（跪地感谢）："你真是我们一家的大恩人啊!"

李医生（立即扶起）说："大恩人不是我，是共产党！是毛主席！是社会主义！"

男子和子女（深情地）说道："我们记下了，我们记下了!"

画外音：通过一个月的住院治疗，肺结核病人痊愈出院了。

病人丈夫和一对儿女拿着"华佗再世，风格高尚"锦旗，直向院党委办公室送去，感谢院党委教育出具有大公无私精神的好职工，并一再感谢李红梅医生。

51. 不治之症（上午）

画外音：自贡二中高中二年级八班成绩第一名的陈勇，阴茎旁长母瘤，县医院医治无效。父母听说成都市红星医院李红梅医生医术高超、对病人特别负责，就抱着希望把他转院送来了。

红星医院同其他医院一样，住院室里没有空床，连走廊上也住满了人。

看到儿子医病难，他父母急得抱着儿子大哭不止。

李医生了解病人的情况后，毅然接受医疗重任，并让病人住进了自己寝室。

画外音（继续）：李红梅医了十天，瘤包不见消退，她翻了很多医书，求教了很多医生，仍是无解。

她记起在中医学院函授时，老师梅教授是全国著名的肿瘤专家，立即乘车去求教梅教授。不巧，他去资中为舅舅祝百岁大寿了，十天过后才能回院。

救人如救火！李医生向院长请了一天假，立即赶车去了资中。

52."仙女"拜寿（中午）

百岁老人张银山，住在资中城北三十里外几十户人住的一个大院里。大院三面都是山，被树林包围着。

庆寿这天，彩灯高挂，乐声不绝，人山人海，挤满了院里大坝。

临中午时，一位仙女般漂亮的姑娘翩翩而入。

她（先在老人面前躬身下拜）诚恳地说："祝张爷爷生日快乐，健康长寿，福如东海，寿比南山！"

说完，将不菲之礼敬献老人，然后到梅教授面前恭恭敬敬行个礼，说明来此原因和病人情况后，请教授前去施良方抢救病人。

教授为李医生赶车求方的精神深受感动，当即开了甲、乙两幅药方，说：

"甲方药连吃三天，主要是稳住母瘤不再扩散；乙方是化瘤，到一定程度即可开刀切除。"

他接着（对众人）说："救人如救火！我也不陪大家了，下午立即回院，我要亲自医治这个病人。"

"谢谢教授！"

李医生向教授行个礼，向寿星老人及众宾客行个礼，道声"失陪了！"转身刚要离开——

53. 意外横生（下午）

一个三十多岁的青年慌忙跑来，他问明梅教授是谁后，径直向他走去。

李医生见情况十分蹊跷，也紧跟着他走去看个究竟。

只见年轻人向梅教授问好后，便在他耳边细声说了句什么，梅教授听后"啊"了声，大惊，说："走，快去看看！快！"说完就走。

李医生也随他们身后快步跟去，不少群众也跟着去了。

在梅教授的催促下，他脚步越走越快，向左走不远转弯来到一处几户人住的小院。还未进门，就听到屋里凄惨的哭声了。

走进门去，只见一个三十多岁的青年人躺在床上，双手捧着下身，满脸汗水涔涔，浑身发抖，忍不住呻吟着：

"胀死我了！我好难受啊！"

父母守着儿子不断啼哭，见医生（教授）走来，眼睛放出光来。

父母（立即跪下）连声说道："医生，求您救救儿子！

没有他，我们也不想活了！"

同样卧病在床的妻子，也声声乞求教授救丈夫的命，说："没有他，我们母子也跟着去死，活着也枉然！"

病人三岁的儿子也请求梅教授（长跪不起）："求爷爷救救爸爸的命吧！"

病人（哭着）说："我死没什么，可怜的是我年老的父母、卧病的妻子、年幼的儿子呀！他们咋办哟？我不放心，死不瞑目呀！"

李红梅医生和不少群众，都流下了同情的眼泪，一致请求梅教授施良方救救病人。

"好，我救！我救！"梅教授不断安慰病人和家属。

在仔仔细细望、闻、问、切后，教授断定是前列腺增生。

李红梅医生也用手摸了摸病疖地方。

"尿管瘀疖！"梅教授（对李红梅）说：

"前列腺在尿道里面可能会出现发炎、增生两种情况。前者表现为尿急、尿频、尿痛；增生则是屙不出，尿管被瘀疖，致人死亡。"

他又说："解急的办法只有一个，用导尿管抽。可是……"

教授（面带难言之色）："唉，我出门时没带导尿器，一般的乡、区上医院又没有，去县里取要六七个钟头，取回病人恐怕来不及了。"

说完（连连叹气，不断摆头）："难啦，难啦！"

病人父母和妻儿，听教授说"难啦"，又放声大哭起来。

李医生（心痛地）对梅教授说，"有百分之一的希望，我们都要尽力抢救。"

群众也纷纷要求梅教授："想尽办法，救人一命！"

"办法倒是有，就怕没人愿意！"梅教授（看了看众人，无可奈何地）说道："只好听天由命吧！"

李医生（惊奇地）问道："什么办法！"

群众也要求说："请讲！请讲呀！"

梅教授（欲言又止，叹了口气）："不说也罢，说了也是枉然！"

梅教授（提高声音）说：　"人工导尿——用嘴巴吸出来！"

说完连连摆头叹气，隔了一阵，（低声）说："谁愿意干这事呀？"

李红梅听了（十分为难）："这——这——"

群众也（连连摆头），"这——这——"

病房里，除了病人的哭泣声、父母的哀求声、妻儿的号啕大哭声外，一时无人说话。

54. 医德照人（下午）

画外音：李医生低下头苦苦思想。病人难过的哭声，父母纵横的眼泪，妻子伏地的哀告，幼儿跪下的悲啼，一件件，栩栩如生，呈现眼前。

她心里说："革命先烈为了国家人民利益，抛头颅，洒热血，我是共产党员，为了救活五条命，难道不该做出点牺牲么？何况这不是去死，仅仅是做件别人不愿意做的事啊。至于未婚夫爱民，坚信他会通情达理，会积极支持我的。"

于是她（红着脸，对梅教授）说："我来！"

"什么？你来？"梅教授十分惊异。

过了一阵，他说："你可是未婚之人呀，要考虑清楚最好。"

"我考虑好了！"

李红梅（态度坚决）："对，我来！"

55．起死回生（中午）

病房里，十分寂静。

热心的人端来了热水，床上病人脱光了裤子，洗了阴茎尿管。

在众多男女老幼面前，病人手足无措，脸色涨得通红。他拉起枕巾把头蒙了，一颗心咚咚咚跳得厉害。

在梅教授的具体指导下，李医生抹了抹嘴巴，大大方方双手握住尿管，嘴含住阴茎吸了起来。她的汗水直淌，浑身麻木，可是病人的尿管仍然不通。

李医生抬起头来，抹了抹汗，匀了匀气，又继续鼓起劲吸。

十分钟过去了。

二十分钟过去了。

尿管，终于通了！

只见浓浓的尿液，一滴一滴慢慢流了出来，足足流了十几分钟才流完。

在群众的欢呼声中，梅教授说："我们应该感谢李医生啊！"

群众（鼓掌）说："应该！应该！"

可是，众人四面寻找，人已不在，呼唤李医生，也无人应答。

梅教授劝道："别找她了，她带着求医重病的任务来的，走了不会转来的。"

说完，教授交代病人几句后，也匆匆向城里赶去。

56. 狭路相逢（下午）

李红梅趁病人一家和群众十分高兴时，不声不响，悄悄离开了病人家，急回资中赶火车，想快些回成都去。

当她走了半个多钟头，来到人烟僻静的山弯时，见路上前后一高一矮两个青年正鬼头鬼脑窥视着她。

当她走到两人面前时，听到"嘘"的一声口哨，接着"咳咳咳"的声音互相呼应。

李红梅打了个寒噤，立即警觉起来。她心里对自己说："爱民要我练习拳术，看来今天要派上用场了。"

李红梅要过路，两狂徒不让过，还故意将她往路边狠狠一挤。

李红梅略一用力，身子像泰山一样屹立不动。

两狂徒（惊呼起来）："啊呀，美人不简单！不简单！"

接着，两狂徒眼睛一眨，两双手将李医生拦腰一抱，尽力往土沟拖去。

李红梅鼓足劲，以脚踏华山之威，狠狠跺了两人一脚，两人痛得哭爹喊娘，松了手，一个趔趄蹿了好远好远。

紧接着，路边另两个狂徒见状，"哼"了一声，"噌噌噌"都跑了过来。

其中一人呼了一声"上"，转眼间四狂徒将李红梅抱住就要非礼。

李红梅实在忍无可忍，决心教训他们！

她冷笑一声后，挥起追魂夺命的少林拳，打倒前面两个人后，接着，又以武当无影脚绝招，踢倒后面一个人，再使劲一脚，将最后一人踢出一米多远。

趴在地上的几个狂徒，很快喘息过来。

一个狂徒一声呼："上!"

"上! 美人该我玩!"

"上! 美女该我享受!"

四狂徒摩拳擦掌,气势汹汹,向李医生又围了上来。

"谁敢再向前再动一步,我叫他立即趴在地上!"

李红梅说完一声吼,顺势飞起一脚,将路旁一坨石头踢飞,又转身一掌向直径寸粗的一根树干推去,树干立即"哗啦啦"摆来摆去,几狂徒吓得目瞪口呆。

李红梅教训说:"想摆布本姑娘,你们做梦吧! 再来四个,同样打趴在地上!"接着,她(义正词严地厉声)训道:"你们都是身材高大的精壮汉子,为什么不走正道? 要知道做好事受人尊敬,干坏事国法不容,世上没有后悔药卖。善有善报,恶有恶报,不是不报,时候未到。时间一到,一切俱报!"

"求姑奶奶饶命! 求姑奶奶饶命! 我们不敢了,不敢了!"

四狂徒乖乖趴在地上,磕头如捣蒜。

眼巴巴、干痴痴,望着美人扬长而去。

57. 药到病除

画外音:病人陈勇按甲、乙两种药吃了三天,又经梅教授亲自诊断,吃药一月,瘤包化得很小了,最后开刀切除,身体渐渐复原。

一家人对李医生和梅教授感激不尽。

出院时,陈勇父母硬要送给李红梅医生 100 元钱,李医生坚决不要,态度十分诚恳、坚决。

她说："医病是我的职责，收什么钱呀！只要你们记住，这病是共产党、毛主席派我医的，永远记住党和毛主席的深恩伟德，我就高兴了。"

陈勇一家十分过意不去。说：

"好，好，好！这点钱不收算了。但是，"他父亲说："两个多月的房租费、你每天往返的车费、资中来去支出等，总该收下吧。再不收，就实在说不过去了。"

说完，将 100 元钱硬塞进李医生的口袋里。

李红梅（看看手腕上的表），该上班了，（笑着）说："好，好。好，我收，我收！"

陈勇父母（高兴笑了）："这才对嘛！"

李医生扶着陈勇母亲，走出了医院大门。

58. 分文不取（上午）

陈勇父母望着李红梅医生远去的影子，赞不绝口。

走着，走着，母亲忽然惊呼起来：

"钱——钱——钱——"

父亲（惊愕地睁大眼睛）："什么事？"

他妻子（手捏着钱，扬了扬）："看，不知在什么时候，她又把钱塞回我包里了。"

看着钱，父亲心里十分感动。

他想："想把钱退转去，人已走了；想去追，她安心不收，又谈何容易找到？而且已买好了去资中的火车票，车子即将开动了，时间不等人啊！"

他（凝视钱，激动的热泪滚了下来）：

"人民的好医生啊！"

妻和儿子也感动地说："好医生！好人啊！"

59. 远方来电（夜）

半月后的一个晚上，下班后。

李医生刚要解衣就寝，医院值班室执勤人员忽然来人，叫她快去接电话。

李医生披衣下床，跑去办公室。

她提起电话，问："谁呀？"

"梅，是我呀！"

"啊，爱民吗，你好吗？"

"一切都好！就是想你得很！"

"我也是！"李医生说完，轻声地笑了。

"梅，《人民日报》转载了《四川日报》刊登的《人民的好医生——李红梅同志》一文。战友们向我热烈祝贺。你高尚的医德和无私的情操，实在让人感动啊！我们的军首长也祝贺我找到一位贤德、美丽的好伴侣，因此我特别打电话祝贺你呀。"

李红梅："我还做得不够，离党的要求太远太远呢。"

李红梅（羞涩地）："爱民，那个——那个——我——"

爱民（打断）她说："梅，不用说了，你做得对。我支持你！"

接着，他又说："你我都要时时牢记：任何功劳都是党的，都是领导的教育和同志们的支持得来的。"

红梅："对，我记下了。"

爱民："我们要时时记住毛主席的教导：一个人做件好事并不难，难的是一辈子做好事不做坏事啊。"

红梅："我记下了，我们以此共勉吧！"

爱民："我好想你啊！"

红梅："我也想啊！"

"不过，也许我们很快就要见面了！"

"真的吗？你不会骗我吧？"

说完哧哧地笑了（脸色也绯红起来）。

十一、盛会大团圆

60．花好月圆（夜）

画外音：1956 年国庆，全国选出的两千多名英模代表，在北京人民大会堂热烈欢聚了。

国庆节前两天，京西招待所。

晚宴后。

甘桂花和李红梅正在二楼 4 号室内闲谈。

忽然，服务员跑来说：

"你们是成都西城区的代表吗？"

甘桂花："是呀，有事么？"

"有个年轻军官要来看你们，可以吗？"

甘桂花："军官——"，她（眼光一亮，惊喜地）说："可以啊！"

一会儿，服务员领着一位一身戎装、仪表堂堂的年轻军官走了过来。

他在门口停下，向室内扫了一眼，然后大步流星走了进去，双脚一靠，行了个军礼。

"娘好！小梅好！"

服务员见了，礼貌地离开了。

"我的儿呀，娘好想念你呀！"

甘桂花（紧紧抱住儿子）："现在好了，你又在娘身边了。呃，人长得结实多了，言行举止也稳重了。"

王爱民说:"我也想念你们啊!特别是打击敌人的时候,或者遇到困难的时候,我一想到你们,身上就有使不完的劲!"

图像展示:在恋人面前,红梅低着头,两只手把胸前的辫子不停地打上结,解开,又打上结,又解开。她脸色绯红,手在微微颤抖。

画外音:是啊,日思夜想的人,如今就在眼前,咋不令人心潮澎湃呢!她有千言万语要对恋人讲,有好多好多的事要对恋人说啊!但在伯母面前,感情又不能随意流露,只好羞涩地看着爱民微笑。

一会儿,娘又问:"你也是选出来的英模代表,出席这次全国盛会的吗?"

"算是吧。"爱民谦逊地说,"不过我总觉得自己的工作还做得不够好哩。"

"很好!很好!"

见儿子在荣誉面前不骄傲,当娘的心里很是高兴。

她又(亲切地)鼓励儿子说:"要多立新功,服务人民啊!"

儿子(点了点头):"娘说得对,儿记下了!"

甘桂花理解两个年轻人的心,借个故走了。

爱民送母亲走后,转身入内坐下。

红梅像久别的人突然见到亲人,高兴劲儿就别提了。她笑盈盈地一头扑进爱民的怀里,又"嘤嘤嘤"地哭了起来。

她(在爱民的胸上捶了几下,撒娇似地)说:"冤家,人家想死你了！"

"我也是日思夜想啊！"爱民（紧紧搂着心上人，在她脸上亲了又亲）。

爱民又说："组织上已同意我春节回家完婚。你同意吗？"

"真的吗？"

"真的！"

红梅（紧紧地抱着他，羞涩地点了点头）。

"其实，娘早就想抱孙子了。"爱民（笑盈盈地）说："多生几个虎儿或丫头，像花木兰，像穆桂英，像黄继光，像董存瑞。说句真心话，我真想有这样的儿、这样的女啊！"

李红梅（不好意思地）"恨"了他一眼（不自觉地低着头），"咻咻"地笑了起来。

俩人手拉着手，同坐一条沙发椅上，亲切地交谈：讲抗美、说工作、论理想、叙前程、侃人生、想未来……

过了一会儿，母亲在门外"咳"了几声，慢慢走进屋来。

爱民（起身迎住母亲）说："娘，组织上批准我春节回家完婚。刚才我也征求了梅的意见，她点头同意了。"

"哈哈哈！哈哈哈！"听说儿子要办喜事，娘高兴得不得了。

"好好好！我回去后好好准备准备！"

爱民说："娘，组织上要求节约办喜事，小梅也同意节约操办。"

首都深秋的夜晚，华灯盛放，月亮似乎特别的亮、特别的圆！

61. "他"在哪里?

这时,从门外走进一位六十多岁体魄雄健、目光炯炯的老人。

爱民、红梅(惊喜地)喊道:"爷爷好!"

甘桂花扶老人坐下:"爸爸好!请坐!"

老人坐下后(环顾四周),心有遗憾地说:

"一家终于团圆了!可惜呀,还差一个人啊,不知小牛现在怎样了?人到底还在不在呢?唉!"

爱民说:"我认识一位中将同志,他可是带兵上万的将军呀。"

母亲忙问:"他是哪里人呀?"

爱民说:"我问过了,他说他是外省人,叫王成功。"

甘桂花(有些失望),又问:"人有多高?多大岁数?口音像不像四川人?"

爱民说:"他有一米七高,身材魁伟,口音像四川人,更像我们通江地区说的话。年龄嘛,倒是四十几的人了。"

"哦!"甘桂花(心花怒放地)又问:"是单眼皮还是双眼皮?额头宽不宽?左耳朵边有没有一颗红痣啊?"

爱民说:"是单眼皮,额头倒是挺宽的。至于耳朵边是否有颗红痣,我倒还没认真观察。"

甘桂花心想:"像他呀!我还要仔细问一下。"于是问:

"你问过他伯母好吗?哥哥、弟弟、姐姐、妹妹好吗?他怎么回答呢?"

爱民:"问了。他只是摆头,叹气。"

娘又问:"他这次也是英模代表吗?"

爱民道:"当然是啊!"

"好,明晚宴会前,我要亲眼见见这位大官。"一会,娘再次叮咛爱民说:"千万记住,引我见见他呀!"

爱民："好嘛，照娘说的办！"

"别别别，算了算了。"她脸上又罩上一丝愁云，心想："二十多年未通音信，这么多年了，谁知他怎样了呢？万一他已另外娶妻成家或者我认错了人，才叫笑死人哩。算了，不见好些！不见好些！"

爱民（笑了笑）："娘，怎么改变主意了呢？是与不是，见一下面就知道了啊！"

甘桂花（苦笑了一下），"万一认错了人，才叫被人笑话哩"。

红梅出了个主意，说："爱民与他谈话时，伯母你离他远一些看看嘛。是，就认了；不是，别人也不知道哇。"

老人和母亲都说这个办法好。

爱民说："娘，我和他谈话时，你可要仔细看啊！"

62．三代英豪（上午）

国宴前，人民大会堂。

中央、省、市党政军领导、全国劳模、外国使节及友好人士、港澳台同胞代表等，都陆续入场赴宴了。

在军方代表席上，坐着一位年约四十岁的壮年将军。他坐姿端正，目视前方，神情若有所思地想着什么。

突然，一位年轻军官走上前，双脚一靠，行了个军礼："首长好！"

将军的凝思被突然打断了。

他（转过头来一看，笑着）说："哦，爱民呀……王团长好！"

爱民继续说："祝首长节日快乐，全家幸福！"

"唔……全家？"将军听后（摆了摆头），无限愁情地苦笑。"什么家呀，我现在还是只身一人，部队才是我的家呢！"

王爱民（假装吃惊地）问："伯母去世了吗？"

"不知道哇。"将军（十分伤感地）说："派人几次去了解都音信杳无，也不知他们是否还在人世，或者另外搬到哪里去了。"

"啊！"王爱民说，"首长不是外省人吧，听口音是川北人啊，对吗？"

将军听了，（惊喜地）望了年轻团长一眼。

"我老家是通江县的啊！"他（略感吃惊地）问道："你怎么知道的？"

王爱民说："首长原名叫王小牛，是吗？"

"是呀，是呀！"将军频频点头："1934 年我投红军后，就改名为王成功了。"

接着，将军（似乎又陷入了沉思）。"二十多年了，也不知家乡变化怎样，真想回去看一看啊！"

王爱民（十分激动）："首长，请问你认识一个人吗？"

将军问："谁？"

王爱民："甘桂花！"

将军问："就是《人民日报》上长篇报道的那个'人民的好支书'甘桂花么？"

王爱民（点了点头）："是的，不过，她原名叫甘幺妹啊！"

将军（激动地）连连说："啊……对！原来是她！原来是她啊！"

王爱民（手指会场一侧），说："是她！她也来开会呢。你看，她来了！"他（高声对不远处）急喊："娘！小梅！你们快过来呀！"

旁边的代表们都被他的声音惊住了。

将军（立即站起来），顺着爱民手指的方向看去：一位四十多岁的中年妇女，在一位二十多岁年轻姑娘的陪同下，正向这边款款走来呢！

将军立刻大步向她迎去。

在场的代表们都屏息注视着这激动人心的一刻。

他俩越走越近、越走越近……

最后的一步，似乎跨越了二十多年！

终于，走近身边时，他俩都停脚不动了。

相互对视，细心端详。

全场鸦雀无声，时间似乎在瞬间凝固了！

两双深情凝视的眼睛，渐渐噙满了泪珠。

"你是甘幺妹！"

"你是小牛哥！"

"幺妹！"

"牛哥！"

二人上前，四手相握，紧紧拥抱，双方激动得低声啜泣起来！

这时，一位老人也从不远处快步走来，边走边招手喊："小牛！我的儿呀，爸爸找你找得好苦啊！"

将军（也向他快步奔去）："爸爸！爸爸！"

两双手紧紧地握在一起。

爷、儿、孙、媳及未婚孙媳一家五口紧紧拥抱在一起，边说边哭，边哭边笑。"我们相会了！英模会上我们相会了！"

父亲（抹了一把老泪）："你娘为救三个落水儿童牺牲了，她也是这会上的英雄！"又说："李四江、张桂贞，也都是这会上的英雄！"

五人长时间地鼓掌，哈哈大笑。

将军问："娘就是《人民日报》转载的那个风格千秋的英雄母亲么！"（眼泪再次浸满他的双眼）"可我还未对她老人家尽到一份孝心呢！"

老人说："你现在有这样的出息，也就是对你娘的最大孝心了。"

将军说："那年我找到红军后，就改名叫王成功了。这些年几次托人打听你们的消息，都没什么结果。"

他（无限感慨地）说："没想到，今年国庆节的全国英模会上，我们一家大团圆了！"

甘桂花（拉过爱民）介绍说："这就是咱们的儿子啊，现在也像你一样在部队很有作为呢。"

爱民（略带调皮、又习惯地）双脚一并："首长好！爸爸好！"

将军（高兴得合不拢嘴）："好！好！"

甘桂花（又把小梅拉过来），说："她叫李红梅，她就是《人民日报》转载的那个'人民的好医生'，有一个抗日烈士的父亲李四江和无私奉献的母亲，也是你的未来儿媳呀。"

（说完拉过李红梅）说："小梅，你快叫呀！"

李红梅不好意思地呼了声："伯父好！"

王成功看看雄姿英发的儿子，又看看美丽如花的儿媳，连声答应："好！好！儿子好福气呀！"

接着他问："结婚了么？"

王爱民："组织上批准我们的结婚报告了，准备在今年春节完婚。到时爸爸你可一定要回来啊！"

王成功："我一定回去！"

爷、父、媳、孙及未婚孙媳，都愉快地笑了。

这时，人民大会堂的广播，也以洪亮、有力的声音，播放："大会快讯，'三代红'革命的一家：王长寿（王金生）——《人民日报》转载的'人民的好书记'，现为中共达川地委组织部部长；爱人陈二姐——《人民日报》转载勇抢落水儿童而不幸遇难'风格千秋'的英雄母亲；儿子王成功（王小牛）——《人民日报》转载的'驰骋疆场二十年的勇敢将军'；儿媳甘桂花（甘幺妹）——《人民日报》转载的'人民的好支书'，现为通江县中共柳树乡副书记、柳树乡乡长；孙子王爱民——《人民日报》转载的'抗美援朝的英雄营长'，现为解放军某部英雄团团长；未婚孙媳李红梅——《人民日报》转载的'人民的好医生'，现为成都市新民医院副院长；未婚孙媳之父李四江——台儿庄战役中勇杀日本鬼子后壮烈牺牲的革命烈士；未婚孙媳之母张桂贞——《人民日报》转载的'舍己救人的好母亲'。"

"三代红"真实、感人的故事，虽说早已传遍大江南北，但在国庆节的英模会合家团圆，更让人激动不已。

英雄、模范的革命一家人啊！

大会堂鸦雀无声！中央领导及各省、市党、政、军领导和出席会议的2000多名代表，静心听了大会堂播放的广播后，立即引起了极大的轰动和热烈的反响，口号声、鼓掌声、欢呼声，此起彼伏，响彻云天。

最忙的是国内外的记者们，拍照、采访、抄写、速记，纷纷以最快的速度编写此特大号新闻，消息传向国内各个地方，传向世界的五洲四海……

63．殷切勉励（深夜）
国庆节前一天，早上六点钟。

278

"叮铃铃！叮铃铃！"

电话铃声响了，是国防部徐帅办公室打来的。

京西招待所办公室小刘接到电话后，立即到四单元二楼，对王长寿部长说：

"王长寿同志吗？徐帅来电话，9点派车来接你们，请你们做好准备。"

王长寿高兴得不得了，即向儿孙们说明情况，催促大家早早做好准备。

上午10时。王长寿一家坐车来到徐帅办公室。

徐向前元帅、许世友将军已早早地在办公室门口迎候。

五人向二位首长徐帅和许司令——昔日红四方面军总指挥徐向前和许世友军长敬礼、致敬。

服务员送来茶点、水果后，徐帅招呼五人坐下。

徐帅（手指王长寿），向许司令说："噢！这不就是咱们川北苏区通江有名的苏维埃主席、老英雄王金么？哦，对了，现在应该叫你王长寿同志吧？"

王长寿激动得站了起来。

徐帅（赶忙起身把他按住）："坐下，坐下！今天我们随便一些。"接着风趣地说："怎么不记得你呢？你是当年粉碎田颂尧围攻的英雄哩。"

许世友上将补充说："是呀，记得当年他带领赤卫队员，隐藏在凤山口丛林中，趁敌人退却时拦腰杀出，打死打伤几十个敌人呢！"

图像展示：当年王长寿与敌作战情景。

王长寿谦逊地说："是两位首长指挥得好！红军打得好啊！我们赤卫队只不过做了一点配合作战的工作。"

徐帅："嗯，军民鱼水情难分嘛！只要军民团结起来，是能打败强大敌人的。"

他（忽然想起什么似的）说："记得你还有一个英雄的红军儿子，也是我军战功赫赫的英雄，叫王小牛吧？"

王长寿立即把成功推到前面，成功标准地向两位首长敬礼。

许世友说："对，他就是当年六找红军的那个王小牛、王成功同志。"

徐帅说："不简单，不简单！"又道："还有一个幺子兄弟，叫尹——"

许世友："尹大勇同志。"

徐帅说："对对对，就是尹大勇同志。"

徐帅："对，你们在白头山战斗中，巧夺敌军机枪，配合红军打垮了敌人的疯狂进攻，掩护了我主力红军，立了大功啊！"

图像展示：当年王成功、尹大勇等对敌作战的情境。

王成功（略带难过地）："报告徐帅，大勇同志后来是志愿军的尖刀营营长，可惜在五次战役掩护主力撤退时牺牲了。"

"哦……"

室内片刻间寂静无声。

接着，徐帅又问甘桂花："你一定就是那位《人民日报》报道过的'人民的好支书甘桂花'甘幺妹了？"

甘桂花（不好意思地点点头）："首长，我还需要多多努力呢！"

许世友："我看不错了，已是通江县的乡副书记、女乡长呀。"

接着他（笑了笑，手指王爱民，对徐帅）说："徐帅啊，他可是抗美援朝战斗中，俘虏敌团长和一千多敌人的英雄团长王爱民，如今正在军校学习，毕业后还要提升啰!"

图像展示：王爱民在朝鲜战场对敌作战的情境。

徐帅（点点头）："嗯，几次战役的英雄——你打得美国兵胆战心惊哟!"

他又风趣地（对李红梅）说："你是王团长的未婚妻——"人民的好医生"小李同志吧?"

李红梅（羞愧地低下头）："是——不过——比起革命前辈们，我还差得太远啦!"

徐帅说："你娘家也是革命的一家人嘛，父亲是台儿庄战役的英雄呢!"

许世友（打趣地）说："老帅啊，你看你把咱们的新娘子说得多不好意思啦!"

接着喊道："拿酒来啊，我今天到此可是要喝好酒的啊!"

徐帅说："少不了你酒喝哟，谁不知道你许司令的海量啊!"接着说道："来，我先斟满一杯，"他又说，"胜利真来之不易啊！首先让我们为掩护苏区群众疏散而牺牲的田三喜、郑二虎，以及风格千秋的陈大姐、'舍己救人'的张桂贞、台儿庄抗日牺牲的李四江等英雄干杯!"

第一杯干了。

徐帅接着说："再为你们三代红合家团圆干杯!"

第二杯又干了。

徐帅（对王爱民、李红梅）说："为你们新婚志禧、百年好合干杯!"

第三杯也干了。

徐帅（对王成功）说："成功啊，吃水不忘挖井人。今年回家探亲，你一定要代我多问候问候老区人民啊!"

王成功（站立起来）回答："请首长放心，我一定照您的指示办到!"

许世友上将勉励他们说："要永远红下去，切不可褪色哟! 干杯啊!"

王长寿（一家五口同时起立，严肃地）齐声说："请首长们放心，我们一定革命到底，永不回头!"

64. 幸福时刻（早晨　外）

国庆节早晨，刚好五点钟。

图像展示：天安门广场人流如潮，红旗如海，广场上装点着鲜花和彩球。

人们怀着无比激动和兴奋的心情，庆祝国庆节。

早上九点钟，在雷鸣般的掌声、震耳欲聋的欢呼声中，伟大领袖毛主席、刘副主席、周总理、朱总司令率领党和国家其他领导人，健步登上了天安门城楼，向广场上的百万群众不断地招手致意!

广场的群众欢呼声更大了，人们的激动和兴奋达到了顶点。

观后台下，王长寿一家和万千群众一样，流下了幸福而激动的泪花。他们一遍又一遍地高呼：

"伟大的中国共产党万岁!"

"中华人民共和国万岁，共和国万岁！"

"毛主席万岁！"

65. 刻骨铭心（国庆节当天）

下午四点，京西招待所。

王长寿一家五口正坐在寝室，兴奋地谈论着上午国庆的盛况。

徐帅从办公室来电：

"长寿同志吗，我告诉你一件特大喜讯：毛主席要接见你们呢！"

王长寿一家（分外激动地）说："啊……毛主席……接见我们？"

徐帅（认真地）说："是真的，刚才总理亲自打电话来说的，并一定要我和许司令作陪呢！"

四点，一辆"吉斯"牌轿车和一辆"红旗"轿车准时停在京西招待所门口。

一位秘书身份的干部从车上下来，他疾步向等待的王长寿等人走去。

"请问你是长寿同志吗？主席派我来接你们。"

王长寿一家急忙上车，轿车向菊香书屋方向驰去。

菊香书屋。

车刚停稳，等候在门口的刘少奇、周恩来、朱德、徐向前、许世友等人便迎上前来，与王长寿一家一一握手。

"刘副主席好！"

"总理好！"

"总司令好！"

"欢迎你们！"

"欢迎！欢迎大家！"

接着，许世友司令高声喊道：

"主席，我们把您请的客人带来了！"

一个身形高大的人从书屋走了出来。

王长寿等人分外激动地疾步向前敬礼。

"主席您好！"

毛主席与一家五人一一握手，微笑着（挥了挥手）：

"噢，三代红来了！欢迎你们！"

众人进屋坐下。

徐帅把王长寿一家五口一一介绍给主席和几位中央领导。

毛主席（诙谐地）问王长寿："你就是 1933 年中华柳树乡苏维埃主席呀，革命老英雄嘛。我们两个大小"主席"终于见面啰！"

徐帅说："他是川北革命老区的，曾多次参加支援我们红军的战斗。"

刘少奇："他还是我党在白区战线奋战多年的一个老兵啊！"

周恩来："川陕革命根据地当年是与中央苏区齐名的革命根据地呀。"

朱德："四方面军徐帅他们打得不错，出了不少军事人才！"

徐向前说："王成功同志便是其中一位啊，现在已是军级首长了。"接着他把王成功推到主席面前。

王成功（致以标准的军礼）："主席好！我原是红四方面

军的!"

主席（诙谐地）说："我知道你！六找红军嘛，现在官拜中将嘛。啊，好像你屋头还有一位贤惠善良的'好支书'呢！"

甘桂花（激动得热泪盈眶）："主席，我——我——离您和党的要求还差得远呢！"

主席（摆摆手），说："不差！不差！你在家顶了半边天嘛！"

周恩来："她的父亲在新中国成立前被地主打死，母亲也被逼死了，苦大仇深啦。"

许世友"嘿"了一声（把王爱民推上前）："主席，这可是我们朝鲜战场上的英雄团长啊！"

主席："你就是巧袭敌团部、活捉敌团长、生俘1000多敌人的英雄营长王爱民吗？你可是把美国佬打回老家去了哟！"

王爱民："报告主席，那是您的英明决策好！是彭总和首长们指挥得好！"

主席："听说你要完婚了？洞房花烛夜，金榜题名时，祝贺你呀！敢问你的未婚娘子来没有啊？"

李红梅（脸上红扑扑的）："主席，您老人家好！"

主席（幽默地）："噢，新娘子害羞了！人民的好医生！听说你还是位巾帼英雄呢。"

周恩来："主席啊，她的父亲李四江是台儿庄战役的英雄——国民党李宗仁将军手下的一员猛将啊，可惜当年壮烈牺牲了，她的母亲张桂贞也是'舍己救人'的英雄妈妈啊！"

毛主席（庄严地）："中国人民已经站起来了！在中国共产党的领导下，中国人民不仅能够能够推翻帝国主义、封建主义、官僚资本主义三座大山，也一定能够建设一个文明、富强、繁荣的新中国。"

接着，他又说："我们应该更加谦虚、谨慎、戒骄、戒躁、全心全意地为中国人民和世界人民服务，下定决心，不怕牺牲，排除万难，去争取最后的胜利。"

几位中央首长说："遵照主席的指示办事，中国一定会很快富强起来的!"

王长寿等五人（站立起来），向毛主席和中央首长们保证："我们一定革命到底，永不停步!"

临别时，主席特别向王长寿一家人赠送了五本《为人民服务》、五个笔记本、五只钢笔。

66. 战斗不止（夜晚）

从菊香书屋出来，已是夜晚九时了。

轿车在宽阔的长安街上缓缓行驶。

图像展示：华灯绽放，如满天繁星，点缀着首都节日的夜空，景色十分壮观、迷人!

画外音："王长寿一家人坐在车上，心潮澎湃，热血沸腾。领袖的深情关怀和殷切期望，如一股股暖流在每个人的心中久久激荡。五人手捧红宝书，五颗火热的心，随着雄壮有力、激情豪迈的歌声，飞向车窗之外，飞向建设强大祖国的长征路……"

此时，车外，街头广播里响起了《没有共产党就没有新中国》的嘹亮歌声：

没有共产党就没有新中国，
没有共产党就没有新中国。
共产党辛苦为民族，

共产党一心救中国，

他指给了人民解放的道路，

他领导中国走向光明。

图像展示：天空中，无数战机神勇飞翔；海面上，军舰破浪前进；大地上，工厂林立，城市繁华；各族人民在中国共产党领导下万众一心，披荆斩棘，乘胜前进。

图像展示：在《没有共产党就没有新中国》的歌声中，毛主席和中央首长与 56 个民族代表手挽手阔步前进！

（幕，在"没有共产党就没有新中国……他领导中国走向光明"的歌声中，徐徐落下）

后　记

亲爱的祖国，在伟大的党和毛主席的领导下获得解放！

在旭日东升的国家里，没有剥削，没有压迫，边疆巩固，国防强大，各项建设事业飞速发展，人民生活水平迅速提高，与世界各国互相尊重，友好往来。特别是新生的祖国，敢于以小米加步枪同世界强国针锋相对，使伟大祖国雄立于世界的东方！联想百孔千疮、任人宰割的旧中国，这一切成就无不使人激动万分，令人深感共产党和毛主席的伟大。

在伟大的时代里，英雄人物、模范人物万千，说也说不完，写也写不尽。他们为国为民英勇战斗，忘我工作，鞠躬尽瘁，风格千秋！我有责任宣传他们，歌唱他们，不畏手笨笔拙，而写出他们优秀事迹的万分之一，作为六十周年国庆献礼，敬献给为了国家独立、社会主义事业繁荣兴盛而艰

苦奋斗的人们，以及为世界和平反对侵略战争而英勇牺牲、辛劳战斗的烈士们、英雄们、模范们。

由于本人水平有限，此剧本缺点甚多，敬请批评指正！

吴志学

2008 年 5 月 19 日

双凤出家

北宋，湖广均州书生陈时委，上京考中状元，当了驸马。他重金贿赂庞太师、襄阳王，派武林高手血洗包府，使包拯坐牢；又设计让丞相降职、包拯挂帅平番，企图达到一箭双雕：让其在战火中吃败仗、降职。宋兵受困，杨一搬兵，兄妹下山，香莲平番、除奸，时委毙命。辽国兴兵南侵，忠孝侯秦香莲再度挂帅平番，得胜还朝，封为忠孝王。拜谢恩人后，双凤辞官远游出家！

序　幕

画外音：北宋真宗年间，翰轩书院千金秦香莲因国色天香、才艺双绝名震均州城。香莲不慎落水被书生陈时委所救。秦香莲嫁入陈家后，艰难筹钱供陈时委赴京赶考。陈时委高中状元，入主御史台，目中无人，得太后青睐，最终当上驸马。秦香莲苦苦支撑家庭，尝尽人间冷暖，受尽饥寒交迫，后带着儿女寻找亲夫。陈时委却害怕真相暴露，派杀手韩琪等一再追杀妻子儿女……

抛妻弃子，攀龙附凤，谁解个中缘由？亦正亦邪，扶摇直上，只为一洗心仇！一场深宫血雨腥风，一段悲情千古奇冤。

画面：双凤（秦香莲与新月公主）素装打扮，神采奕奕，双双骑着高头大马，向一条伸向远方的大路走去。她俩走着走着，面前突现一条彩霞似的金光大道。她俩踏着金光大道，不知不觉，忽然变为一身金色，人也禁不住飞了起来。她们向远方飞去，渐渐消逝在云层中……

清脆歌声悠扬宛转，激情有力，震荡人心，响彻天宇：
风烟滚滚几千秋，
是非成败显真容。
忠臣良民千古赞，
奸人贼子万代羞。
权势财色不贪枉，
子孙后代个个荣。
一生爱国爱民众，
国民永远颂扬中！

后四句反复两次，一次比一次激情有力，在激情歌声中迭出片名红色大字——双凤出家。

第一集　风仪状元府

1. 比武场上

状元府，富丽堂皇，巍峨雄伟！

庭院楼阁错落有序，山水草木生机盎然！

驸马府门前牌匾大字：驸马府。

府内院坝宽广，侍卫林立。

坝内设高台，台上坐着驸马陈时委，四方各坐四大谋臣、八位武侠高手，旁竖八面令旗，分别是：东侠铁锤李卫、西侠大刀王清、南侠钢鞭尹大威、北侠铁棒程武新、江南奇杰曹明勇、青藏高手刘余、赣南铁锥李催、四川武师张强，坝内四面坐满了兵将。

高手如林，彩旗招展，威武、气派之极！

陈时委心想："唉，新婚之夜，公主骂我欺骗圣上、欺骗太后，次日离府未归。"

他苦笑了一下："三年以来，家乡干旱，香莲找来认亲。我不认她，她必找丞相，后再去找包黑，包黑必然找我。常言说'前车之覆，后车之鉴'，我不能像国舅、侯爷那样坐以待毙，理当防患于未然。"

只听他"嘿嘿嘿"笑几声，遂对众人冠冕堂皇说道："我们练武，目的就是学成诗书献圣上，谁敢跟朝廷作对，我们就跟谁血战到底！"

兵将们不明究竟地吼道："谁敢跟朝廷作对，我们就同谁血战到底！"

陈时委听了，得意地笑了。

接着，是一阵排山倒海的鼓掌声、欢呼声。

陈时委又想："我走通了太师和五爷，黑子，来吧，有你的好日子过！"他藐视地出声道："老子没有庞昱侯爷那么傻，任你摆布，老子要你哑巴吃黄连——有苦说不出。"

接着，一年前的一件往事浮于眼前。

一日早朝的路上，几个蒙面人握棒提刀，街头猛冲，砸烂坐轿，殴"伤"驸马，被"东侠""江南奇杰"打败，他被扶上轿，抬到金殿阶前。

听完禀报后，天子震怒，朝臣哗然。

太师奉诏验"伤"。奏道："启奏圣上，狂徒闹到天子脚下，如不严惩，百官何以立身？请陛下赐驸马尚方宝剑，让狂徒们望而生畏！"

襄阳王奏到："圣上，赐驸马尚方宝剑，让那些魑魅魍魈，见而胆寒吧。"

一些大臣也乘机奏道：

"请万岁赐驸马尚方宝剑。"

天子点了点头，赐给了陈时委尚方宝剑。

退朝回府路上，轿里手握尚方宝剑的陈时委，凶光毕露，得意洋洋。

想到这里，陈时委恶狠狠在心里说道："黑子，来，来吧，我等着你呢！"

他心满意足地狞笑着……

执勤官李卫宣布："比武开始！"

接着，兵将们逐个展示武艺。

在暴风雨般的呼喝声中，李卫首先出列献艺。

他使着一把八十斤的重铁锤，东打西劈，威不可挡；只听风声，不见人影；出锤转锤，电闪雷鸣；步步严防，岿然不动；前进后退，夺命追魂。

大家看得眼花缭乱，瞠目结舌，不由群起鼓掌，连连叫好。

"好哇！好哇！"

欢呼声惊天动地！

在热烈掌声中，"西侠"王清上台献艺。他喜用一把八十斤重大刀：砍杀挑戳，似蟒蛇出洞；刀起刀落，如力劈华山；四面用刀，横扫千军万马；强攻猛袭，风卷秋日残云。又赢得阵阵掌声！

在欢呼声中，"南侠"尹大威出场献艺。

他挥动六十斤重的九节钢鞭。但见他：左右飞舞，若九州压鼎；鞭上鞭下，似五步追魂；前进后退，如雷霆风雨；巧夺妙取，令鬼哭神啼。他赢得兵将们久久不息的鼓掌声与欢呼声。

"北侠"程武新飞跃上台，他惯用一根六七十斤重的铁棒。只见得：出手收手，如神龙搏飓；有进有退，似饿虎扑食；打左击右，鸳鸟穿梭；顺击倒打，黑虎掏心。又激起震耳欲聋的掌声。

接着献艺的是江南奇杰曹明勇：他手使一柄钢叉，武艺之高，令人赞不绝口；赣南特锥李催，会用锋利双刀，武艺之奇，使人眼花缭乱；青藏高手刘策，会一根方天画戟，武艺之精，如天神下凡；四川武师张强，精用一把青龙偃月刀，武艺之绝，似关公复生。

谋臣程达、关伟、蒋安、尹福，兵书战策，对答如流；行兵布阵，头头是道，又赢得兵将们久久的叫好声。

接着兵士集体操演：时东时西，时南时北，时上时下，时左时右，猛若排山倒海，勇似断壁华山，势如投鞭断流，威似摧枯拉朽！

练武结束后是奖赏、欢宴，直吵闹到次日凌晨。

第二集　危难包府

2. 包府正堂（日 内）

陈时委、程达、包拯、公孙策在座。

包拯："昨日下书，请驸马今天过府，是有要事相商。"

陈时委："敢问包大人，是什么军国大事？"

包拯："不，是小事，也是大事。"

陈时委："好哇！有话就说。不知包大人想问什么。"

包拯："难得驸马一片好心！这次陈州放粮，遇见一个难解的公案。驸马公读破五车，满腹经纶，文韬武略，见多识广，给本官指点几句，也是求之不得的教益。"

陈时委："你太过谦了。好，有话直说。"

包拯："遇到一件民间公案。"

陈时委："民间公案？"

包拯："是一位年略三十上下的农妇，带着一双儿女上皇城告状。状告丈夫骗太后、皇上当驸马；饿死父母，忤逆不孝；还派人去家乡杀全家，又追杀妻儿。实乃罪大恶极，按律当斩！"

陈时委（皮笑肉不笑）："有这等事？该如何处理？"

包拯："只要他洗心革面，认下妻儿，这罪嘛——"

陈时委："不认呢，又如何？"

包拯："只怕我大宋律法这一关不好过。"

陈时委："那你就认吧。"

包拯："我？不，是你。"

陈时委："我父母双亡，无家无室，认什么？"

包拯："其实太后相亲时，本官就断定你是娶过亲的人，你还与我击掌打赌。现在如何？妻儿找上府来了，驸马公认了才是。如皇上怪罪下来，包某豁出一条命，也要保你从轻发落。"

陈时委："大人说些什么？我一点听不懂啊。"

包拯心想："如此恳切相劝，他还不买账，只好摊牌来硬的了。"

包拯（从文袋里抽出一纸，看了看，递给陈时委）："你看，这是谁写的？时间、地点、人证、事证一清二楚，没有一点栽赃陷害吧。"

陈时委接状纸一看，是他所派东侠李卫及宫中武士韩琪所写。纸上写明，某年某月某日，驸马亲自命令他与韩琪去家乡诛杀父母妻儿。但韩琪听了香莲的沉痛诉说后，因同情而放其走了，回府谎报他们都服毒身亡，有五座新坟为证。

如今香莲母子到皇城了，怕驸马饶不了他们，就写明实情交给包拯。状纸末尾还有写状人姓名和日期、手印。

驸马看完，将状子撕得粉碎，起身扔出窗外，大骂："恶言中伤，不足为凭。"

包拯道："驸马撕毁的是一份抄写的，状纸原文我已收妥——本官早预料你有这一手；另外还有韩琪的杀人刀为证。"

包拯（顿了顿）："你是不到黄河心不甘的，好，请原告上堂！"

秦香莲牵着一双儿女冬哥、春妹上前。

陈时委一见，心"咚"的一声跳了起来，脸色"唰"的一下红了，有些手忙脚乱，但很快镇静下来："来人，把这野村妇、狗崽子轰出去！"

包拯："驸马认识他们？"

陈时委："衣衫破烂，谁认识这个疯婆子！"

秦香莲（颤声）："陈时委……你好……狠心！不是你贪图荣华富贵，父母怎么会饿死；不是你忘恩负义，我们母子怎会落得如此悲惨的下场……"说着，无明怒火冲了上来，她向驸马奋力扑去。被展昭拦住。

她又说："你陈时委，湖广均州人氏，现年——"

陈时委立即制止她说："一派胡言！来人，给本驸马乱棒打出。"

程达冲过去，抓住香莲欲打。展昭突然闪出，救了香莲母子。

秦香莲（声泪俱下地）揭露："你骗当驸马，饿死父母，诛杀妻儿，坑害下人，遗臭万年！罪大恶极！"

包拯："人证、物证俱在，驸马再不认妻儿，别怪本官手下无情了。"

陈时委："你要干什么？"

包拯："秉公执法。"

陈时委（冷笑一声）："试试看看！"

包拯（亮出尚方宝剑）："来人！"

王朝、马汉、张龙、赵虎一拥而上，将驸马五花大绑。

3. 包拯府之劫

程达瞅空钻出府门，大声呼道："驸马被绑了！驸马被绑了！"

立即，陈时委的三"侠"、四"杰"及几十个兵丁，各持兵器，冲进府去。

程达站在高处，手执尚方宝剑，突然大声说："查开封府尹包拯，以权谋私，仗势欺人；胡乱朝纲，坑害良民；酷刑逼供，怨声载道；知法犯法，情节严重，罪不容诛。今摘下乌纱帽，剥下蟒龙袍，送交皇上圣裁！"

此时，曹明勇一个箭步跃前，抓住包拯。展昭上前护卫，被王清、尹大个、程武新挡住；王朝、马汉、张龙、赵虎上前，又被李催、刘余、张强、曹明勇抵住。

正堂里，三个武林高手，对付一个四品带刀护卫，另外四个武林高手，每人对付一个武艺平平的校尉。

由于寡不敌众，包拯被拎下官帽，剥下官袍，还被踩在地上。展昭受伤三处，其他五个人，也个个负伤。有关陈时委的罪证，全部被搜走。

陈时委（装作重伤样子），冷冷笑道："包拯，你阴险狡诈，当面是人，背后是鬼！身为朝廷命官，串通王丞相，收买下人李卫和韩琪，又骗村妇作伪证，本驸马无一不知。"

顿了会，他又说，"想拿捏本驸马？你做梦吧！"

又教训说："老子不是庞国舅、葛侯爷那样容易上当的。警告你，我过的桥，比你娃走的路还长！给我时时注意吧，少在本驸马名下耍弄威风！"

说完，他"哎哟、哎哟"呻吟起来，装模作样捧头倒在地上："我腰痛呀！我头痛呀！我浑身重伤呀！"并连声痛骂包拯，说完又连连呻吟呼痛。

众武士指鼻戳脸，谩骂包拯及众将，抬着陈时委走了并留下警戒卫兵，不准人随便出入。

包府笼罩在一派恐怖之中！

4. 大打出手

庞太师傲慢十足地带着御林军，如狼似虎地闯进包府，高呼包拯等七人接旨。

包拯、展昭、王朝、马汉、张龙、赵虎、公孙策，个个包头缠足、鼻青脸肿地跪地接旨。

太师捧旨念道：

"奉天承运，皇帝诏曰！查开封府尹包拯，假公济私，无视国家律令，残害忠良，罪不可赦。今押入天牢，秋后处斩。公孙策、展昭、王朝、马汉、张龙、赵虎六人，仗势欺人，乱我朝纲，各杖五十，驱出包府，贬为庶民，永不录用。钦此！"

之后包拯被五花大绑地带走了！

公孙策、展昭、王朝、马汉、张龙、赵虎六人惨遭毒打，直被打得皮开肉绽，体无完肤！

5. 深夜出逃

包兴从内屋旮旯里逃出府，问明了包大人等人的下落，他化了装，躲过陈时委的暗探盯梢，乘夜寻机出城，向五台山太后避暑之地快马跑去。

第三集　绝路逢生

6. 弹冠相庆

驸马府内，灯光如昼，桌上摆满了美味佳肴。

太师和襄阳王，前排首位就座。

三侠、四杰、四谋士依序而坐。众多兵将也围席坐下。

陈时委得意地致辞：

"感谢各位赏光！我等这次整垮包黑，全仗太师和五爷的鼎力支持、四大谋士的精心策划、三侠四杰和兵士的奋勇拼杀。今晚本驸马略备薄酒微礼，以兹压惊酬谢，万望各位笑纳。"

接着，他"论功"对诸位进行封赏：

太师和王爷奖白银各三千两；

众高手奖白银各一千两；

四大谋士奖白银五百两；

参与兵士奖银各十两……

酒席中，碰杯声、划拳声、呼喝声、狂笑声，一直闹到第二天黎明！

7. 母子逃走

驸马府后院，几个大字分外显眼——逍遥室。

在这里，从东到西，一排排房屋都是刑审室。

"逍遥室"前面，便是男、女守卫住室。

女看守是个五十多岁的大姐，名叫何幺姑。她心地善良，心存正义。

她端详水牢里的母子三人，感觉其面孔正派，不像狡邪之徒，同情之心油然而生。

她（向母子三人招了招手，靠近他们）问道："我看你们母子不像坏人，你们犯了什么罪，为什么被关进这里呀？"

说完，她叹了口气："怎么犯到驸马爷名下啊！"

香莲："我们没犯罪。"

女看守："那么是什么原因被关到这里？"

香莲眼泪长流："我好苦命呀，大姐！我与驸马本是夫妻，这两个孩子是他的亲生骨肉。为了荣华富贵，他骗太后、皇上当了驸马。怕我们影响他的荣华富贵，所以不认我们，还要杀妻灭子。"说完又咽咽哭了起来。

"我们老家天干水旱，粮食无收，父母饿死了。听说他已高中状元，我们才一路逃难，上京来找他……没想他竟是如此忘恩负义之人！"

女看守听了，十分愤怒："如此不忠不孝，不仁不义，简直比禽兽不如啊！好，我救你们！"

她看男看守正酒醉床上。于是，她回身找了绳索，又去四周看了看，考虑片刻说："我把牢门打开，你们把我手脚捆住，用你娃（手指冬哥）衣服塞住我嘴，然后向对面女厕所跑去。从窗户翻过厕所，再拉住树枝溜下，两丈多高的岩下有一条小河，顺着河边往东走一里有座土地祠。再往上走不远是一座石桥。桥下有一个小洞，可藏三四个人。过桥直走五百步就是十字路口了。"

（停了停）她又说："你们逃出可先躲在洞里，晚上深夜再出来。到十字路口走哪条路好，你们自己决定。结果如何，就看你们的命了。"

她催促说："鸡叫时驸马要害你们。你们一切要快，快！"说完，她迅速打开水牢门。

香莲母子照着做了，然后谢恩飞快离去。

8. 府内（深夜）

陈时委令王清，速去水牢处决香莲母子。

"逍遥室"（深夜）

王清去水牢，看见了男、女看守的怪异情况……

9. "水牢"（深夜）

王清跌跌撞撞地跑回，边跑边喊："不好了！不好了！犯人不见了！"

陈时委惊呆了！回神后带人去"逍遥室"水牢，看到男、女看守，一个烂醉如泥，一个被五花大绑。他气急败坏，狠狠吊打两个看守，又马上分派三侠、四杰各带家丁，分七路追赶抓捕，对宽容者格杀勿论。

10. 恼怒（晨）

陈时委坐在椅子上，如热锅上的蚂蚁，焦躁不安。

三侠、四杰先后返回，追捕一无所获。

他如当胸挨上一拳般气昏在椅子上……醒来恼羞成怒，又命三侠、四杰带兵出门四面拦截。

11. 大桥边（黎明）

天上，月儿如钩，地上一派清新气氛。

香莲母子从桥洞出来。看看周围无人，三人上了桥，朝恩人所指方向走去。

走哪条路好？

到了十字路口，她想了想，果断地上大路走去。

12. 山上（上午）

红日东升，雀鸟啼鸣。

母子三人正向前走着，忽见山上人影晃动，不久涌出十几个人来，为首的正是那天绑他们的青藏高手刘余。急迫中，香莲忙叫三人分散逃走，兄妹分别向山上左右两边跑，香莲则向后山跑去。

13. 马载人去

左边山腰上，冬哥爬上滚下躲逃。正要落入敌手时，恰紫阳大仙去听元始天尊讲佛法《金刚经》回山。他看见后拈手一笑：天河星有难！日后与自己有师徒情缘。于是他袍袖一展，树木草丛中钻出无数的毒蛇巨蟒，龇牙咧嘴奔向暴徒。不多时，好几人都死于蛇口蟒嘴，尸骨遍地，惨状在目。

大仙哈哈大笑："自作孽，不可活！尔等作恶多端，死有余辜。善哉！善哉！善哉！"

袍袖一展，又是朗朗晴天，清风徐徐。

大仙吹口仙气，树枝变马，驮冬哥驾云东去。

14. 豹驮人飞

春妹被官兵追赶，在山上躲上藏下。不管敌人如何诱降，她始终不低头。

正当她被追得无处藏身时，正巧金枝娘娘云游四海时看见："地花星有此一劫，待我救她躲过此劫吧。"说完，她向山上几枝树吹口仙气，它们立即变成了几头斑斓猛虎。

猛虎虎毛雄立，眼如灯笼，口如血盆。一声吼叫，震得山也抖动起来；虎身一躬，跃起离地几丈高。追赶的兵丁见了，个个吓得屁滚尿流，不要命地逃跑。不多时间，十几兵丁全都命丧虎口。

金枝娘娘（笑了）："造孽者，活该！"

她手一指，几只猛虎隐去了。她对一树枝一指，一头豹蹿了出来，驮起春妹往碧云山而去。

15. 纵身跳崖

香莲在山腰树林草丛中爬上滚下。一千多米高的山，山顶树木森森，山腰水坑遍布。

青藏高手刘余，带着十多个精壮兵丁，不顾一切地疯狂追赶香莲。兵士们累得疲惫不堪，但在驸马高额悬赏的诱惑下，仍满山遍野到处追踪捕拿。

香莲既担心儿子，又牵挂女儿，心如刀绞，眼泪纵横。

她跑呀跑，不觉跑到山头尽处，前面是几十丈高的悬崖，刘余及官兵已从四面围拢来。

"死就死吧，死了就了了！"

她闭上眼睛，万分悲愤地纵身往下一跳。

合当她命不该绝！当她身子往下沉时，不偏不倚恰恰落在悬崖上一株十几米高的树枝上。敌人一时抓不着她。想起饿死的公爹妈及娘家父母、失散的儿女及目前的险境，她控制不住痛哭起来。这一哭如雨打梨花，刘余不禁为之神魂颠倒！他一再命令兵士们不准用箭伤她。

刘余想："人生在世，青春几何。驸马呀驸马，你得了荣华富贵又得了美人，可我人到中年还是孤零零的单身汉。不知为什么，千万女人我不爱，那天独一见香莲，我就乱了方寸。菩萨呀，你要保佑她，千万千万别跳崖呀！"

刘余（对秦香莲）说："陈时委不爱你，我爱你！我会像对待祖宗先人那样对你好，让你享受荣华富贵。我绝不会像陈时委那样见异思迁，猪狗不如！"

香莲："你杀过多少人？"

刘余："几百个吧，反正记不清了。"

香莲："都是些什么人？"

刘余："穷光蛋呗。"

香莲："你是吃人的野兽，吸血的狼，杀人不眨眼的刽子手，吞吃人肉的魔王！"

刘余火了："别骂了，上不上来，不上来我要射箭了，我的忍耐是有限度的。"

香莲："不上来，你就射吧。"

刘余："别怪我手下无情了。"说完一箭射去。

香莲着箭，倒在树头上，痛得昏死过去。一会儿，她苏醒过来，怒目而视。

香莲："你说要像对祖宗先人那样对我好，我刚说几句，你就忍不住了，跟陈时委一样的货色！说话甜，嘴巴乖，河里鱼儿骗得上岸，天上的鸟儿哄得下来。结果见异思迁、忘恩负义，十足的伪君子，卑鄙可耻的豺狼野兽！你射吧，死了算了。"

刘余："这——这——"

救人去（下午）

正当香莲要再次跳崖时，金霞圣母坐禅时，她掐指一算："地冠星有难！"（对徒儿）说："走，救人去！"说完，驾朵祥云而去。

云头上（下午）

金霞圣母师徒，在香莲头上云端停下。

青青语丝

16. 罪有应得

刘余张弓搭箭又要射时，圣母用手一指，遍地草木变为各种怪兽：有人头蛇身的，有虎身人头的，有人头蟒身的，有人身豹头的……兵士们人人吓得魂飞魄散，八方逃命，只恨爹妈少生了只脚！怪兽追咬兵士。刘余死得最惨，被几头怪兽分而食之了。

香莲目睹一切，开心极了！但当想起陈时委丧尽天良、贪图荣华富贵，她又切齿痛恨。

她愤怒地说："陈时委，我恨死你！我死了一定抓你！"说完，纵身往崖下跳去。

圣母见了，右手板向上一翻，即变成一座小山，香莲恰恰落在这座小山上面。圣母吩咐一声"走，回山去！"

圣母向怪兽一招手，其影立刻不见了。

徒儿小英变成一只象，载着香莲飞去了。

青山依旧，太阳向西移去。

第四集　包拯复职

17. 玉宸宫内

"处决？"太后娘娘惊异地问。

仁宗："包拯凭尚方宝剑权力，拷打堂堂驸马，已被打入死牢，秋后问斩是理所当然的事。"

"他打驸马？你是否亲自所见？"

仁宗："皇儿亲自验过伤。"

太后："哪些大臣主张坐牢与秋后问斩？"

仁宗："太师、襄阳王他们。"

太后："他们都是正义的臣子吗？"

仁宗："儿臣认为是。"

太后："哪些大臣反对呢？"

仁宗："王延龄丞相和多数臣子。"

太后："皇儿呀，谁是忠臣，谁是小人，你心中没底么？'亲贤臣，远小人'你做到了吗？你莫把小人当忠臣，忠臣当罪人呀！如此下去，国运不兴，黎民不安，我大宋江山危矣！"

你道太后为何敢如此说？原来，当朝皇帝乃先皇真宗第六子，乾兴元年即位，年仅十三岁。真宗留下遗诏，要"皇太后权同处理军国事"，相当于让太后掌握了最高权力。仁宗早年生活在太后阴影之下，皇太后代行处理军国事务，权倾朝野。仁宗天性仁孝，性情温厚，待人宽厚和善。他谨守祖宗法度，不事奢华，还能够约束自己，让百姓休养生息，并做到知人善任。他在位时期名臣辈出，国家安定太平，经济繁荣，科学技术和文化得到了很大发展。宋朝四海雍熙，八荒平静，士农乐业，文武忠良。因此受到历代历史学家，政治家的称赞，史称"庆历、嘉祐之治"，此为后话。

当下，仁宗即答："是！儿臣一定亲贤臣，远小人！"

太后："皇儿呀，秦时赵高，汉时王莽，蜀国黄浩，唐时李林甫、杨国忠乱国殃民的教训，应引以为戒呀。亲贤臣，远小人，得民心，固根本才是富国之道啊。"

仁宗："儿臣记下了。"

太后："包拯可是我大宋的忠臣呀！明日早朝，宣布包拯无罪，官复原职。"

仁宗："这——这——儿臣怕有朝臣不服呢"

太后："好，明日早朝，我也去。"

仁宗躬身："有劳母后，儿臣告退！"

18. 金殿内（早朝时）

天子："传包拯上朝——"

太师："不妥，不妥！他有罪。"

襄阳王："人证、物证俱在，传他上朝不妥。"

少数大臣附和："不妥！不妥！"

天子："太后懿旨，不得违抗。"

太师："不依从群臣意见，恐非明智之举。"

襄阳王："如此，我等众臣难服。"

太后（突然出现于金殿）："什么不智？什么不服？包拯是我大宋忠臣，这桩冤案，哀家要为他鸣不平，还他以公道。难道哀家无权过问？难道哀家没资格管？众卿听好，愿意效忠圣上的就留下，不愿的就各自辞官吧！皇儿，宣布懿旨！"

朝堂上鸦雀无声。

太后懿旨，谁敢不从！

众臣忙答："太后圣明，我等谨遵懿旨！"

天子："宣包拯上朝！"

一会儿，包拯（带伤、跛脚）来到金殿。

天子："包拯接旨！"

包拯（俯伏金阶）："臣接旨！"

天子："包拯忠心朝廷，经查无罪，官复原职，随朝伴驾；公孙策、展昭等六人无罪释放！"

包拯（接旨）："谢圣上隆恩！吾皇万岁！万万岁！谢太后隆恩，太后千岁！千千岁！"

散朝。

众大臣心悦诚服，太师、襄阳王等愁眉苦脸！

第五集　仙山学艺

19. 青风山上（上午　外）

画外音：香莲跳崖后，被金霞圣母冯三姐所救，又被小英变象驮回青风山。

她昏迷了七天七夜，苏醒过来，已是红日当顶了。

翻身起来，举目四望，大殿玳瑁作条，鱼鳞作瓦，龙骨作柱。正面墙上贴有如来佛祖肖像，左边是观世音菩萨肖像，右边是大势至菩萨，金光普照，威比雄狮，仪如象王，慈祥亲切，栩栩如生！

大殿雄伟，窗明几净，幽深肃然，仙风缭绕。

她甩甩手，手很灵活；摆摆头，头脑清醒；伸伸腿，灵便极了。她清醒记得，自己跳崖死了，怎么还在这里？

她惊愕不解："我是到哪里来了呢？"

小英（上前笑嘻嘻）说："仙山呀！"

香莲："仙山？不可能，不可能。"

小英："什么不可能，是师傅救了你，把你送来这里的，行了几千里路呢。"

香莲想："是啊，我亲眼看到追赶的兵士被怪兽所袭，刘余也被怪兽撕成碎片，现在我在这里，原来是蒙仙人所救。"

此时此刻，环佩叮当作响，香莲抬头一看：

一位年约二十岁的少女，步履轻盈，身姿婀娜，笑容嫣然，飘飘有神仙气质。

香莲："拜见仙姑——"

小英（笑）道："仙姑？这是我师傅呀！她已活了一千九百多岁了。"

香莲大为惊异，心里想："看不出她活了近两千岁，看上去还这么年轻。神仙！神仙！好，我拜她为师学艺，保国安民，铲除奸邪，造福苍生！"

香莲（行大礼）："拜见师傅！"

圣母："你与我有师徒之缘！我今天就收下你这个徒弟了。"说完爱抚地扶香莲起来。

师傅的关爱，令香莲激动万分，她情不自禁地扑在师傅怀里，嘤嘤嘤痛哭起来。

圣母："你的孝道很好，你的事我全知道了。好，以后你就叫秦英吧。"

香莲："是是是，秦英！秦英！"可是，她又哭了起来。"我的儿——我的女——"

圣母："别愁，有缘你们母子会团圆的。"

秦英十分高兴："谢谢师傅指点。"

圣母："要实现自己的宏愿，你必须学点本事才行。"

秦英："是，谢谢师傅，我一定努力学！"

圣母："但你现在还是凡胎，浊气甚重，文不能谈兵，武不能逞武。因此首先祛除浊气吧。"说完吩咐众人把秦英带去天池。

"是！"小英说完，带师妹去后山了。

仙池（下午）

秦英一看，池水清澈见底，白烟袅袅，芳香扑鼻，便脱衣下池。

画外音："几个月来，风里来、雨里去，香莲受尽人间危难之苦，熬过世上艰险历程，凡胎秽物是该清洗清洗了……"

仙丹（下午）

小英带秦英回到殿里。

小英禀报："师傅，师妹洗完了。"

圣母："去取三粒仙丹来。"

"是！"小英应了一声，飞快取来仙丹。

圣母（眼视秦英）："把丹吞下。"

秦英："是！"

她一粒一口，把仙丹吃了。一会儿，顿觉浑身热血上涌，筋骨暴涨，有一股使不完的力气。手一挥，风声呼呼；脚一甩，气浪三尺。

圣母（手指殿前五百斤的石墩），说："你把它举起来。"

秦英："是！"

连举几次，可怎么也举不起。

圣母："再举，举十次、百次。"

秦英："是！"

她使尽全力，终于举了起来，力气果然大有增加。

圣母："你再把殿门两根千余斤重的条石换一下位置。"

"是！"秦英答应一声，飞身去了。

她来到院坝，举目四望：大雄宝殿气势恢宏，坐北向南，面阔七间，深进五间，建筑面积达 1200 平方米。宝殿四面石墙围绕，掩映在花草树木中。虽历数百年风雨侵蚀，但风貌尚存，佛事兴旺，名声远播，不愧为北国五大丛林之一。

殿门两边，各有一根长一丈五尺、宽一尺五左右的石条。在外坝石梯的殿门两边，各是一尊大石狮子，狮身魁梧，头大眼圆，嘴张舌出，跃跃欲飞，栩栩如生。

她伸手抱住石条，怎么也搬不动，但她毫不气馁。

早饭后、晚饭后，白日、夜里，她又继续抱石条。

复仇的愿望鼓舞着她，勤奋的精神支持着她，又抱，失败；再抱，再失败……

月儿偏西了，身汗如雨，条石依然纹丝不动。

累了，歇息；再抱，又抱，一次比一次有力。

不知过了多少个白天与黑夜！

一次，豁然间她终于将条石抱了起来！她又抱了几次，同样也抱起来了。

她激情满怀地说："看来，只要有恒心，铁棒磨成针！我练了十多天，条石就抱起来了，可以请师傅检验了啊。"

她不放心地又抱了几次，确认完全没问题了，才放心回去睡了。

20. 初试（上午）

秦英鼓足勇气，双手筋骨突起，叫声"起"，条石乖乖地被"抱"了起来。

她又把两根大条石互换了位置。

圣母笑了："好！但不可骄傲。"

她又指着说："你把下面殿两边的石狮子抱起来，互换一下位置。"

"是！"

秦英去到下面一蹲石狮子面前，俯下全身，运足力气，握住石狮子的脚往上提，可是用尽全力也抱不起来……连续几次，她累得脸红筋胀，汗水长流。

圣母："小英，你试试看！"

"是！"

小英应了一声。走到秦英这边石狮子面前，伸开双手，弯着腰，毫不费力地把它抱了起来，而且脸不红、筋不胀地又放了下去。

圣母夸奖她说："活了五百多岁，到底有点功力了。"

秦英惊奇地想："啊……师姐……竟活了五百多岁么？奇迹！奇迹！"

圣母："为师也来抱抱看！"

她袍袖一卷，伸出左右手，抓住石狮前两脚轻轻举了起来，左手转右手，右手换左手，像玩两颗小石子一样不费吹灰之力，灵活自如，轻便之极！她微微一笑，又将石狮子放回原位。

小英："石狮算啥，一座山师傅也照样举起！"

圣母鼓励秦英："别灰心，有志者事竟成！"

说完，又拿出一粒仙丹，叫秦英吃了。

苦练（深夜 外）
从此，秦英孜孜不倦，一次又一次地苦练着。

雨夜
风雨中，秦英戴着斗笠，一次又一次地抱石狮，可是石狮纹丝不动！

她擦完一身汗后，又继续抱！

雪夜
大雪纷纷，北风潇潇。秦英身穿单衣单裤，仍练得汗水长淌！

累了，歇息，又抱；再歇，又抱，她百次、千次地练啊练啊！

酷暑

酷暑难当，汗水如雨。

秦英不惧暑热，不怕疲劳，累了，歇；歇了，抱。无声无息，毫无怨倦地抱……抱呀抱！

日出月落，寒来暑往，不知过了多少白天与黑夜。

突然一天，她猛地一下把石狮抱起来了！

她高兴之极！又抱起来了！

再抱，她脸不红，气不喘，脚也不打颤了。

"三年，三年了！没有白练啊！"

她擦汗、披衣、笑盈盈地走了。转过身去，看看那两座石狮，又有些不相信……她又转身去抱了几次，真的成功了！她这才放心地笑着走了。

21. 检阅（下午）

在殿门前。

师傅端坐在石阶上，旁边站立着小英及几位仙童。

秦英身着骑马装，双手伸直、握拳、运气、弯腰，双手抱住右面石狮的前两脚，猛一鼓劲，呼声"起"，将石狮举了起来，并高举过头，还在坝里走了两转，放左面位置上；她又用同样方法将左面石狮举起，举过头，在坝里走了两转，然后放到右面石狮的位置。

她脸不红，气不喘，态度从容，静立一边！

师傅（笑着）说："不错……你的力气很好了！但还须学学兵书战策、行军打仗。"

接着（对小英）说："你带师妹去兵器室，挑选一件她喜欢的兵器。"

返回时，小英向师傅禀报："师妹喜欢偃月刀。"

师傅："前五年你教，后五年我教。学刀法、学锤、学剑、学镖，不仅要有马上功夫，还要学会上阵拼杀功夫。"

秦英："是!"

第六集　丞相降职

22．观"光"回京（下午）

王延龄丞相率队从辽国观"光"回京。

一人（慌慌张张地拦轿）："丞相救我!"

丞相："你是何人？为何拦轿?"

"我名王富贵，种庄稼的。我见王府家丁抢劫民女，就阻止他们，他们就追打我——"

王丞相听了（点了点头）："好吧，你上我轿来!"说完，让他钻进轿里了。

四川武师张强率队追赶至此，不见人影，又不敢前来搜查，只好眼巴巴地看着丞相轿回府了。

丞相府外（黄昏）

街灯，黯淡微弱，时明时亮。

突然，张强带着几十个兵士，人人手持快刀利剑，气势汹汹涌向丞相府。

张强气焰嚣张，他拿出圣旨给侍卫看。蓝田队长看了，即入内禀报丞相。丞相心想："王府抢劫民女不对，明日待我向皇上亲自禀明。"

于是，他出门训斥道："大胆狂徒！此为丞相府第，你们想干吗?"

张强（上前施礼）："禀丞相，奉旨捉拿钦犯!"

丞相（正色对他们）言道：

"休得放肆！我堂堂丞相府，哪来什么钦犯？如果进去搜查不出，本相当治你何罪？"

张强向里看了看，又想了想，最后只好率队走了。

狂喜（黄昏）

听了张强汇报，陈时委十分高兴。

他心想："兵者，诡道也。你王丞相再聪明，此计谅你也难以识破。哈哈哈，你丞相的宝座摇摇欲坠了。"

于是吩咐张强说："快，去请庞太师、襄阳王来！"

定计（夜）

太师、襄阳王、陈驸马，密谋商议着害人诡计。

23. 降职（金殿内）

群臣陆续入殿。

天子（对王延龄丞相）："王爱卿，听说你昨天下午救人了？"

王丞相（跪禀）："是有一人，在要进府时被侍卫拦住，但他趁机跑了。"

天子："爱卿知道他是何人吗？"

王延龄："他说是一农户，叫王富贵。他见王府抢劫民女，就站出来护卫，结果他——"

天子："你被他骗了！他叫王兴彪，有名的江洋大盗，身带五条人命。"

王丞相"啊"了一声，如梦方醒，深感失职之愧，立即跪下请罪。

天子："见圣旨不遵，还满有理地拦阻公人。凶犯放跑了，这可就大错了。"

王丞相："微臣知错，请皇上发落。"

太师："丞相百官之首，圣上之亲。如此唐突行事，如何号令群臣？如不严肃处理，难免今后又——"

襄阳王："圣上，丞相已经老了，是该归隐了，否则恐又干出许多荒唐不慎之事来。"

少数大臣："是该退隐了。"

多数大臣："丞相几十年来对我皇忠心耿耿，恳请圣上从轻发落。"

太师、襄阳王："应重杖五十，然后退归老家。"

多数大臣："惩罚必要，但丞相几十年功勋卓著啊。"

少数大臣："一定重罚""必须正法示范！"

⋯⋯⋯⋯⋯

天子："王爱卿效忠我赵氏两代，功劳卓著。但为严肃国家律令，惩前毖后也是应该的。宣旨降职为代丞相，以后有功再行复职。"

金殿外，散朝后。

太师得意地说："哈哈，什么江洋大道，不过是花钱雇请的一个地痞。"

他（转身对张强）说："找个机会，尽快除掉这个隐患！"

张强（会意一笑）："太师放心，我会让他永远说不出话的！"

襄阳王高兴："智者千虑，必有一失。"

太师："聪明一世，糊涂一时。"

襄阳王："山外有山，楼外有楼啊。"

太师和襄阳王，开心地哈哈大笑。

第七集　包拯挂帅

24."战""和"之争（夜　太安宫）

侍官（跪地）："禀圣上，边关急报，十万火急！"

天子看完告急文书，传旨："快传太师、襄阳王、代丞相立即进宫议事。"

侍官："是！"转身匆匆走了。

过了一会儿，三臣均到，轮流看完告急文书。

天子："宋夏两国二十年友好往来，相安无事。如今战事来了，是战是和，请众卿家发表意见。"

庞太师："战与不战，对比下兵力。我兵虽多，但质量差，打则败；番兵十万，以一当十，如虎添翼，况且其元帅李青十分了得；先锋明坨，更有万夫不当之勇，打则败。不如议和为上，送他银子、粮食、布匹，以和求安吧。"

襄阳王："敌我对比，我宋国是打不赢的。兴师动众、劳民伤财，不如议和为上。"

代丞相王延龄："尔等之言差矣！敌强但少，又远离故土，务求速战；我大宋兵多将广，且尽为忠勇之士。我国幅员广阔，供应充足，长期坚持，一定取胜。再说番敌胃大性贪，喂饱今日也喂不饱明天。甘居人下，受人凌辱，实在不是我大国雄风。我主张打，打必胜。"

太安宫里，"战"与"和"激烈争辩。

25.包拯挂帅（上午　内）

天子："朕深思多时，决心一战。派谁挂帅最好，众卿可推荐忠勇贤才。"

原来，宋自太祖赵匡胤陈桥兵变建立宋朝，因五代时期下属夺权称帝现象相当普遍，所以对武将非常不放心。太祖采用杯酒释兵权的方式，用丰厚的待遇解除武将对中央皇权的潜在威胁。重文抑武是宋朝基本国策，导致宋朝长期武备松弛，兵微将寡。在宋初的对辽作战中，宋太宗战前对将领不信任，最终导致高梁河、双歧沟战役的失败。北宋初年的杨业，被逼得以死明志；曹彬虽被誉为宋初第一名将，也不过是能遵命耳。在这样的政权下，这样的氛围下，宋代名将确实是凤毛麟角。如今强敌压境，竟难以找到制敌决胜的统兵大将。

太师想："其他人挂帅掌握了兵权，则对我不利，故挑选一名心腹之人挂帅为好。对，陈时委最合适。"

于是推荐说："驸马陈时委最好！他博学多才，精通兵法。前次出征胜利还朝，这次出征一定胜利归来。"

襄阳王也心想："掌兵权的职位其他人抢到，对我则大事不利。我与驸马素来交好，用他对我有利可图。"

他乘机说："陈驸马饱读兵书战策，又是皇上近亲，忠勇可靠，出征一定胜利，他挂帅最好！"

代丞相："不妥！李坤将军文武全才，野战经验丰富，此职非他莫属。"

襄阳王："李老将军年岁过高，不行！"

太师："当年勇敢，如今战场复杂多变，他挂帅我不同意。"

天子："卿再荐一个！"

代丞相："关公后代关雄将军，武艺高强，通晓军事，挂帅最好！"

襄阳王："他虽文武全才，但性情主观、脾气暴躁，统兵不行！"

太师："丞相再推荐一个。"

代丞相："赵飞，三国名将赵云的六代孙子。此人胸有大志，武艺超群，有万夫不当之勇，且精通兵法。"

太师："此人在江南颇有名气，但未出过征，未打过仗，经验少，不行！"

襄阳王："战场上真刀真枪，用此毫无经验之人挂帅，焉有不败之理！"

天子："这——这——，那该派谁呢？"

太师："陈驸马最好！"

襄阳王："驸马挂帅，行！"

代丞相虽然反对，但孤掌难鸣。

天子："传旨，宣陈驸马立即进宫！"

一会儿，侍官回报："陈驸马卧病在床，人事不省，还需调养一月才行。"

太师心里骂道："怕死鬼，扶不起的阿斗！"

他眼珠一转，忽又心生一计。"包拯可恨，断案还行，打仗外行。他处处与我作对，推他去！让他战死，可除我心中之患，如打败也正好有贬官理由。"

于是，他忙说："包拯挂帅行，他虽文官，但计划周详，带兵打仗一定胜利。"

襄阳王心想："好个庞太师！让包拯惨败、战死或被活捉，对我们都有好处，可谓一箭三雕。"

于是附和说："对，包拯挂帅最好！"

代丞相："他不懂军事，且是一介文官，不行，不行！"

天子："他是文官，不行！"

太师："什么不行呀！自古文官挂帅者多呀，姜子牙、孙武、张良、诸葛亮、曹操、徐茂公等，他们的丰功伟绩，千秋传颂呀。"

襄阳王："文官成大事者多！他们考虑周全，分析透彻，包拯挂帅最好！"

天子："好，传旨，包拯进宫议事。"

一会儿，包拯进宫，大礼参拜皇上。

天子："包爱卿，朕欲让你挂帅平番。"

包拯："皇上，我不行呀！臣从来未带过兵，不要误了国家大事，请圣上另选良将。"

代丞相："皇上，他实在不能带兵呀。"

太师："包拯挂帅，行，行，行！"

襄阳王："包拯，你难道那么怕死？国难当头你不愿为圣上分忧么！"

包拯心想："他俩竭力荐我挂帅，谅我必败无疑，大败回朝被贬，好歹毒的心呀。但国家用人之际……好，别无选择，只有豁出去了。"

于是说："臣领命！臣肝脑涂地，也要报圣上隆恩。但臣有几个要求，请我皇恩准。"

天子："爱卿请讲。"

包拯："一请圣上从速决定督军，二要驸马府的四谋、三侠、三杰为我所用，三请李坤将军、关雄将军协助指挥，四用赵飞将军任先锋官，五请八贤王督办粮草。如此五点如蒙恩准，臣不胜感激。"

天子想："包卿果然不凡，所提五项要求，确是胜利之本呀。"

"好，朕一一照准。"

襄阳王想："代丞相走了好，我办事顺利。"

于是奏道："督军以代丞相最好。"

下篇 剧本（吴志学 吴卫东）

太师也想："代丞相走了，对我有好处。"也说："臣也奏请代丞相任督军。"

圣上传旨："代丞相担任督军！"

代丞相王延龄（跪地接旨）："臣谨遵圣旨！"

26．誓师出征（日　外）

演武校场。

二十万大军威武雄壮，阵容整齐，刀剑林立，战鼓喧天！

包拯元帅领大军接受皇帝校阅，誓师出征！

皇上一声令下，大军浩浩荡荡，开赴前线！

27．连战连捷

定川。前沿阵地

宋兵分三点扎下营寨，各营将士积极练武备战。

宋营里（上午）

番兵送来挑战书，包帅批了"来日决战"。

初胜（上午）

次日。两边列阵。

在赵飞、李卫、展昭和欧阳彦彰护卫下，包帅从宋营出阵。他（对番帅）喊话："番将听好！我大宋对你西夏不薄，你们每年进贡的物品，我们退还的还多出十倍。可是你们恩将仇报，占地、杀人、抢物，是可忍，孰不可忍！今我大军到此，你等下马投降，仍不失一生荣华富贵；如执迷不悟，悔之晚矣。"

"呸！"

元帅李青怒声说："你国连年侵我国土，辱我臣民，君臣共愤，岂有不战而降之理呢。"

两军激烈厮杀，惊天动地！

八对战将捉对儿厮杀：赵飞迎战张彪，关雄迎战余勇，展昭迎战诸钟，欧阳彦彰迎战姜飞。但见刀来锤挡，矛来剑往，戟来鞭打，斧来钩还，两军迭声呐喊，八匹战马在征尘影里，杀气声中，灯影般捉对儿杀。直杀得山摇地动，天昏地暗，愁云惨淡，鬼神惊惧！

双方交战五十余回合，包帅见番将已经占了上风，恐宋军有失，即命严大个、程武新、曹明勇、韩琪各带五千生力军，从后侧偷袭番兵后营。番军后营突遭袭击，渐渐支撑不住乱了起来。众番将见番营动乱，不明就里，无心迎战，匆忙退兵。

败退中，赵飞大喝一声，一枪将张彪戳下马来，被番兵拼死抢回。余勇舞刀激战中，见那边张彪落马，心慌意乱，刀法不支，急卖个破绽，拍马望本阵奔去，被关雄挥斧砍为两段。诸钟见折了二将，阵势危急，拖棒拨马回阵。姜飞与欧阳彦彰拼斗八十回合，兀是力怯，也带伤伏鞍走逃。

包帅见敌兵败退，挥军掩杀五十余里扎营。激战一天，番兵损失一万多人，宋军伤亡一千多人，收回失地一百多里，城市两座。

画外音：一月内宋兵三胜，番军元帅、先锋懊悔不已。

又胜（晨）

元帅包拯令赵飞留后压阵，随时支援吃紧地方。自己率领大部人马，从东南、西北袭击番兵，收失地五十多里，光复城市一座。

再胜（上午）

宋将王清、程武新各率众两万人追击番兵时，与番将姜飞、诸钟率领的二万多人激烈交战。

双方互不相让，各有胜败，追杀围剿，战事惨烈。

王清和程武新，先集中优势兵力打败姜飞，又合兵对付诸钟，诸钟只剩几百人了。在此关头，恰好番军张彪带大队人马赶到，宋将展昭、欧阳彦彰，也带一万雄兵赶到。一阵浴血奋战，番军扔下一大堆尸体跑了，张彪在乱军中被箭射死。宋军收复失地一百多里，城市两座！

大胜（下午）

宋、番两军激烈拼杀！

包帅命赵先锋以少胜多，顽强作战，又令程、曹、韩、王等将各带兵五千，分南、北、西、东从敌后发起猛烈进攻。番营前后受敌，死伤惨重，又损失万余人后，慌忙逃窜了。宋江兵收复失地百多里，光复城市一座。

画外音："宋营士兵将领，军心大振，斗志昂扬，盼望早日凯旋还朝！"

夜战（细雨霏霏）

番军元帅李青带领一万番兵，趁夜向宋营四面发起猛攻。

包帅算计妥当，早有防备。他令赵飞、程武新、费明勇、韩琪各带一万人，分四路向方向番营发动反击，番兵败退！

晨战（晨）

明坨令诸钟、姜飞各带一万番兵，趁宋熟睡之机，突然发动袭击。包帅令赵飞、程武新领兵反击。

双方互有输赢，各自退兵。

午战（骄阳似火）

番将汪强带领一万多人，向宋营东、西两线发动猛烈进攻。包帅令宋将韩琪、曹明勇早作准备，各带一万人拼死反击。

番兵又败。

第八集　宋营被围

28. 暗设奸计

番军元帅账内。

元帅、先锋两人紧急议事。

明坨："元帅，末将以头担保：明修栈道，暗度陈仓，此计一定成功。"

李青："好好好，本帅依你之计！"

画外音："一月里，番兵或晨，或午，或夜，或雨，不断偷袭进攻，使宋兵进不能进，退也不能退，时时处于尴尬危难之中！"

烂垮的"宋军"（黄昏）

大路上，走来一万多烂垮垮的"宋"军，打着宋旗，穿着宋的兵衣，说宋国话。

他们快速行军，满口脏话。

糟糕的"宋"军（午）

百姓大院里。

下篇　剧本（吴志学　吴卫东）

"宋"兵逼迫百姓交粮、交猪，如有反抗，立即杀掉。有几家百姓不愿交换，立即被杀，血淋淋的人头摆在地上，处处是血。

关卡上（上午）

大宋关卡。一大群"宋"兵要过关。

守关校尉："请问，你们队伍开到哪去？请拿证件看看。"

"宋"兵头目："我们奉代丞相王延龄督军、包帅之命，去储粮地看护，以防有失。"

宋兵头目："怎么以前未见过你们。"

"老子是提起来不久的。怎么？还不相信。"

"宋"兵头目火了，"不信，请看证件！"

说完将证件递与守关校尉。

守关校尉接证件在手，一一看了各种证件，说：

"对不起，妨碍了你们工作。"但又反问道："你们队伍怎么军纪不整？"

"宋"兵头目："军务很忙，谁还有时间去管那些。"

守关校尉："这——不大好吧！"

"宋"兵头目又骂道："影响我们行军，储粮地出了问题你负得起责吗？"

转身对"宋"兵说："咱们走吧，不去理他，执行任务是大事。"

说完，"宋"兵大队人马飞速前进！

29. 浴血奋战（午 外）

宋储粮地层层岗哨，警戒森严，是不容易进入的。

见"宋"兵来到，储粮官自然严加盘查询问：

"你们队伍到此何干？"

"宋"兵头目："奉督军、元帅之命，前来护粮的。"

储粮官："我们有一万多人护粮足矣，还用你们兴师动众来？"想了想又问："护粮凭证呢？储粮总管的书信呢？"

"宋"兵头目（拿出督军、包帅"手迹"证件给催粮官看）。

储粮官（接过"手迹"证件）看后，想了想，又问：

"罗将军、李将军、王将军呢？怎么不来呢？他们到哪去了？"

"宋"兵头目问："这几个人是干什么的？"

储粮官说："包帅严令，无论取粮还是护粮，无罗勇将军、李平将军、王浩将军三人中一人到，一概不接、不发粮。今天三人一个未到，当然一概不让驻军、护粮。"

双方发生争执，最后打了起来。战斗残酷惨烈！

诸钟、姜飞麾下的三千精锐番兵，纷纷将储粮地团团围住猛攻。宋兵尸横遍野，血流成河。宋兵显然渐渐少了，但一个个英勇斗敌、没有怕死鬼。结果一万多人壮烈牺牲，三十多万斤粮食付之一炬。

宋营里（深夜）

急报送至包帅，他看完后焦虑万分。

"敌人用'明修栈道，暗度陈仓'之计，在正面拖住我们，又派兵暗袭我储粮地，一万多壮士牺牲，三十多万斤粮被烧，我之罪呀！我失职啊！"

他不禁捶胸顿足起来。

30. 宋营被围

侍卫："报！"

包帅："进!"

侍卫入内,呈上急报,退出。

督军、元帅看完急报,频频点头。

督军王丞相叹了口气:"在情势危急关头,想不到曹、程二将经不起考验,拉队伍跑了,结果死于敌人乱箭中,可鄙!可鄙!活该!活该!"

包帅："经不住困难考验的懦夫,绝对没有有好下场。"

急报又到。督军、包帅看了又痛心疾首掉了泪。

画外音:李卫、展昭二人带一万人去增援,又遇番将诸钟、姜飞二将带兵杀回。殊死战斗中,李、展二将虽尽力拼杀,但牺牲惨重,只剩千余人返回,而且李、展二将都身带数伤。

督军和包帅,都恨自己无才,问心有愧,自觉地(面向京城跪下)请罪。

"圣上,臣不够督军资格,贬我职吧!"

"圣上,臣不配当帅……"

画外音:战事空前危急!紧要关头,督军、包帅高度团结,决心同仇敌忾,又积极组织力量,安抚好受伤将士。

战前军事会议紧急召开,众将共谋良策。

各将急到帅帐中,督军和包帅做好将领为国尽职、尽忠的鼓励动员,后立即分配任务:

李卫,固守东线,做到人在阵地在!

展昭,固守西线,做到人在阵地在!

李坤,固守南线,做到人在阵地在!

关雄，固守北线，做到人在阵地在！

督军、包帅和众将士都决心与阵地共存亡……

31. 坚如磐石（夜）

画外音：

东线、西线稳如泰山。

南线告急，兵将全部壮烈牺牲。

北线幸好数次打败冲锋敌人，最后虽只剩百余人，但阵地仍在……

画外音继续：

宋营地定川，地势险要，易守难攻，番兵几次冲杀皆被打败。相持月余，阵地虽在，但粮草缺乏，六七万人每天每人只能吃一二两粮食了，阵地附近的草根都被吃光了，树叶甚至成了众战士的主食。

宋兵始终没抢群众一颗粮、一头牲畜。百姓闻讯主动送粮送物，宋兵一一写了借条。督军和包帅日夜苦思退敌良策，头发胡子全白了，每人都瘦了一二十斤。

第九集　杨一搬兵

32. 奇人参战（上午）

中军（进帐）报告："禀元帅，外面来了个瘦子，他说能出营搬兵、搬粮草。"

督军、包帅听了，很高兴说："快请！"

瘦子进帐。

他（跪下）禀道："在下姓杨，单字一，山东济南人氏。三岁爹死于番狗之手。五岁娘死后，我六岁去要饭，以后又

下篇　剧本（吴志学　吴卫东）

受苦多年，后被一个大师带上华山学道，学成变猫狗的法术。这次师傅命我下山，为国效力，所以我就来宋营了。"

督军："请你试变一下。"

包帅："请展示吧。"

杨一点了点头，转眼变成一只小猫，忽又变一只小狗，再复原又变人形了。

他说："明日卯时起有半天雾，我正好出营搬兵、搬粮。"

督军、包帅研究决定：先去附近郡州求粮、求救，之后请郡、州派人向朝廷救援。

杨一接公文在手，拜别督军和包帅，起身出营了。

出营（夜里）

天完全黑了下来，杨一变成只猫——黄色身躯，黑头白颈红爪，双目凛凛，出营偷看敌人阵势。

绘图（上午）

次日，卯时，大雾漫天。

杨一变猫，跑跑停停，乘雾东看西看，半天将番营岗哨、布防情况全记在心里！

他心想："番营一层一层，遍布深坑、陷阱、暗箭、火器等。如宋军出动，十败九伤。对，必须回营禀报才是。"

于是撕下布衣，咬破中指，用血绘图，即时跑回宋营。

回营（上午）

杨一变猫又回到宋营，将番人布防情况向督军、包帅作了禀报，又交出血图，再变猫走了。

第十集　兄妹下山

33. 陈浩下山（早饭后　内）

九公山上，丛林掩映，殿堂幽静雄峙。

正在后坝练功的陈浩被师傅叫了去。

师傅说："练就文武艺，献给帝王家。现在国家有难，正是施展宏图大志、为国建功立业的时候。你是一个一富大贵的相，下山去吧，去为国效力，也去与你母亲、妹妹三人团聚吧。"

陈浩："谨遵师命！"

师傅再三告诫他：

"如遇强敌，知己知彼，机动灵活，智取为上。"

巧遇（下午）

早饭后，陈浩拜别师傅，怀揣避邪丹，骑上乌龙马，手持狼牙棒，下山向北而去。

他走了三天，在一棵大树下歇息时，突见十几个番兵在追赶一个瘦小子。于是他持棒上前，打跑番兵，救了瘦子。瘦子告诉陈浩，他叫杨一，是出营为宋搬救兵的，宋营被围一个多月了，一天吃一两粮，在吃树皮、草根了。他变猫查看地形时被番兵发现，故紧追不放，感谢恩公救命。

陈浩说自己也是下山为国效力的！两人商定十天为期：杨一搬粮草工匠，陈浩广积石头。

画外音：杨一去附近州县搬来援军和粮草。

他从不易发现的丛林中，组织人力运粮草，为 6 万多弟兄和上万匹马，解决了生死攸关的燃眉之急。

陈浩组织工匠赶造发石车，又亲自培训新兵。通过杨一与宋军建立的联系，陈浩与包帅暗约内外夹攻破敌的计划。

34. 反攻大胜（夜　外）

陈浩赶造的 50 架发石车，趁敌梦寐之机，如落雨似的，怒吼着向山上番兵打去，打得番兵死伤惨重，像乌龟似的缩着不敢露面。

同时，赵飞、展昭、关雄、欧阳彦彰各领兵从内杀出，陈浩率援兵一万从外杀进。半天血火大战，番兵一万多人被歼或被活捉。

宋兵大胜。

在帅府，陈浩拜见了恩人王督军、包帅和众头领。

军事会议确定兵分五路，乘夜向敌发起猛攻。

是夜，月挂高空，万里无云。

趁敌熟睡之机，陈浩、赵飞、展昭、关雄、欧阳彦彰，各带一万人向敌发起猛攻。

战事惨烈，尸堆如山。激战到黄昏，番兵残余的一万多人，慌忙向北逃去。

35. 夹沟之战（上午）

番元帅、军师、先锋，议商败宋良策。

军师尼号说："鲤鱼山和黄桷岑两山对峙，夹沟二十多里长。趁宋盲目乐观时，我带兵突然猛攻，把宋兵引入沟里，用火攻将其消灭。"

元帅、先锋十分赞同说："这个计策好！"

番将潘勇、张达、甘迁、格里达阵前讨战。

包帅令赵飞、陈浩、雷明、关雄，各领兵一万出战。

交战未及十合，番兵皆败。宋兵驱兵猛进，误入夹沟。

陈浩见夹沟形若葫芦，进大出小，两边山头上丛林遮挡。于是他向赵先锋建议不追，宜迅速退兵。赵先锋猛然醒悟，急忙下令退兵。可是已慢了一步，此山出口被堵死，两边山上丛林里火、箭、刀、枪如雨倾泻，宋兵死伤惨重。

正当宋兵受困时，见远处一员女"番"将，带千余名女"番"兵，穿着番服，打着番旗，喊着番话，骑马飞奔而来。

堵住出口的格里达将军以为援军到了，放松了警惕。女将趁他不备，双刀向空一挥，顿时全体女"番"兵齐向格里达及番兵射箭。格将军还未明白是怎么一回事，就中箭身亡了。

群龙无首，番兵们立刻乱了起来。女"番"兵一面尽力诛杀逃兵，一面（向沟里宋兵）喊话："堵口番兵被消灭了，快出沟吧！"

夹沟里的宋兵，忽见出口不再射箭，又听到喊话声，飞速奔向夹口，同时向两边丛林里发起猛攻，大部番兵被歼，少数投降了。

36. 兄妹参战（下午）

这队女"番"将士到达宋营，脱去番服，扔掉番帽，脚踩番旗，尽说汉语，原来是一些年轻美貌的大宋女郎。陈浩将军认出女将就是自己的妹妹，女将亦认出年轻英俊的将军是自己的亲兄长。兄妹握手拥抱，狂喜得跳了起来。

小妹拜见恩人王督军、包帅及众头领，然后与兄叙旧。哥哥告诉妹妹自己改名陈浩，妹妹亦告诉他，自己也改名陈莉了。

宋营沉浸在欢腾中！

37. 丑八怪（上午　内）

番兵元帅李青、李焦心如焚，水饭难进。

中军报告："启禀元帅，有个丑八怪要见你。"

李青："快请!"

丑八怪进帐不参拜，自找座位坐了。

番帅见他身长七尺，干筋筋、瘦刮刮，头癞、独眼、背驼、脚瘸，但神采奕奕，飘飘然有神仙气。

番帅："请问道长尊号。"

他（闭了下眼睛，指头、指眼、指背、指脚）说："四不全是也。"

李青："什么乱七八糟！四……四……不……全?"

"元帅，本人姓四，名唤不全，是也!"

番帅："道长有何本事助我?"

四不全说："帮你打胜仗呀。"

番帅："宋营现在有近十万人，战将上百，我方只余两万人，战将也不多没有了……要胜，谈何容易!"

四不全（哈哈大笑）："十万人马，哼哼，我视之如草芥耳。"

番帅："这——"

他想了想，立即说道：

"好，我封你为正军师，提调本部军马。"

四不全听了，哈哈哈笑了起来。

38. 宋军惨败（日　外）

宋兵十万人大举进攻番营。

四不全（对众番将）说：

"没什么，别大惊小怪。且看本道长如何收拾宋军！翻过此山十多里路，便是一马平川。你们对阵宋兵，许败不许胜，尽往一马平川引去，到时我自有办法消灭他们。"

他令明坨、张达、诸钟、杨兴、韦塔，各带一千人向宋发起猛攻，然后向一马平川引去，宋军到了就是大胜。

李青元帅命众将听令，众将依计走了。

四不全和元帅等，都往平川侧面山顶上走去。

番兵四将搦战，且战且退。宋兵不知是计，浩浩荡荡往一马平川追去。

番兵将到达后纷纷脱离平川时。

山顶上，四不全从身上摸出一个发亮的圈子，身上左摆右拐，只见得：

瞬息天昏地暗，飞沙走石，雷声隆隆，电光闪闪，拳头大的雪弹子铺天盖地向宋兵们打去。登时宋兵大惊，尽皆失色，被打的鲜血迸流，死伤众多。包帅见势不妙，匆忙传令退兵。宋兵纷纷退却时，四不全又从身上摸出一个圆镜子。他将镜子面向天上，口里念念有词，双手举上举下，立时地上草木尽变猛虎、恶狼、凶豹、巨蟒，鼓着大眼睛，张开血盆大口，尽向宋兵扑去。

宋兵见了，吓得六神无主，肝胆皆裂。虽然使枪、舞刀、挥棍、抢锤狠打猛杀，但越杀赵多，根本无济于事。没多长时间，宋兵被咬死近万人。包帅见此，急令飞速退兵，陈浩和陈莉在后压阵。

说来也怪，这些猛兽巨蟒，兄妹二人遇着，竟安然无恙，而且毫毛没伤。四不全见了，专门用镜对准二人上下左右照了几下，二人红光护身，黑气根本不能近身。四不全深知二人有高人传授真谛，无可奈何地走了。

宋军退后五十里安营扎寨，陈浩、陈莉轮流坚守营门。

四不全几次施法，猛兽巨蟒皆不能进，宋营暂时安定下来。

画外音：双方坚持月余，宋将尹大个、蒋安暗暗投敌，仍然被杀，落个可耻下场。

第十一集 秦英出山

39. 秦英出山（日 内）

一天，秦英被圣母叫去了。

圣母："徒儿，你上山多久了？"

秦英："禀师傅，整整十二年了。"

圣母："武艺学得怎样了？"

秦英："禀师傅，还差哩。"

圣母："徒儿，在为师面前展示下如何？"

秦英："好，请师傅多多指教。"

圣母点了点头。

秦英道姑装束，抖擞精神，手持偃月刀，时东时西，时左时右，时上时下，时前时后，戳、戮、砍、挡、挑、拨、劈、刺，既快又稳，既狠又准，只听风声，不见人影。最后她吼了一声，晴天霹雳震天响；脚一跺，地震干土裂十丈；拳一出，抱大的树也即断；腿一扫，巨石也踢飞几十丈。练毕，她脸不红，气不喘，规规矩矩立于师傅面前。

圣母（点了点头），鼓励说："可以了，但不能骄傲。"她告诫徒儿："用兵在于知己知彼，灵活机变，善于谋划，攻其不备，出其不意。"

说完，她将佛包、柳叶刀、红珠子和药丸给她。吩咐说："佛包放于胸前，能避邪免灾；红珠子向天数举，能化黑暗、变烈火、驱妖魔、除鬼怪、避大水；药丸放水中浸泡，变成黄色有香气，含在嘴里能祛妖除怪。"

她又告诉徒儿使用红珠子和柳叶刀的真言，最后说：

"是你们母子三人聚会的时候了，更是你为国效力尽忠的时候了。"

秦英（泪流满面）："师傅待我恩重如山，我愿服侍您到永远，永远！"

师傅说："去吧！你习文练武，就是报效国家，效忠帝王，为天下苍生多做点善事。"

秦英（点了点头）："明白了，我定遵照恩师教诲。"

圣母接着说："去了结一桩情缘也是好事，不过回山已是两个人了。"

秦英十分惊异："两个人？"

圣母（点了点头）："天机不可泄露！不过，她也是仙根下凡啊！"

"仙根？"秦英"啊"了一声……

秦英怀揣师傅赠给的宝贝，手持青龙偃月刀，跨上白色龙驹马，下山向北行去。

40. 驿店捉奸（夜 内）

一日，秦英下山路宿一驿店，半夜去茅厕解便。

听见一男人粗声说："你们襄阳王探听到宋兵大败，立即给我大王和元帅去信，说再有一月他就要起兵造反了，请大王和元帅助他一臂之力。"

又说："包黑挂帅、王代丞相督军，是他和庞太师一再推荐的。他们不懂军事，你们就放心进攻吧。"

一女细声问："你们元帅派谁支援？"

男人道："王丛将军呗。"

女人细声又问："带多少人去？"

男的道："不知道。我们抓紧时间干正事吧！"

传出一阵淫笑声……

秦英听了大惊："一月，不就是冬至那天么？襄阳王一反，又将祸及天下苍生了。"

他站立门外，静静守候多时。次晨，两人刚一露面，她立即将二人拿住，并从两人身上搜出了襄阳王与番王、元帅的勾结信。

41. 巧救恩人（下午　外）

秦英押着两个奸细正走着，忽见一群番兵追赶一个老者。

她将奸细捆于树上，持刀上前，砍瓜切菜似的杀了大部分番兵，救了老人。他仔细端看，却是恩公包大人，于是下马参拜。惊问：

"恩公大人何故到此？"

包帅十分高兴（双手扶起秦英），说："当年我被关进死牢，要被秋后处斩。包兴艰难逃出，去五华山避暑的太后那里报信，太后赶到救了我。圣上宣布我无罪，官复原职，随朝伴驾。今番人侵犯，庞太师和襄阳王极力推荐我和王丞相领兵平番，预想我们战死军中。目前，敌我战事呈胶着状态。我今带人化装出营查看地形，被番兵发现追赶，其他人全部战死，我也被捆绑于此。不想在此遇你搭救，你还学成这般武艺，真是我大宋之幸啊！"

他告诉秦英，她的儿女都在军中，并改名为陈浩、陈莉了。

秦英听了十分高兴，也向包帅禀报了自己被害、逃走、遇救、学艺的经过和捉奸、获信等情况。

336

42. 母子团聚（下午　内）

宋营里，秦英与恩公督军、众将领聚会。

秦英母子、女三人相会，抱头大哭。

包帅审查奸细，看了证物，襄阳王谋反属实，即派陈浩、展昭、王清等，押走奸细，并速速带兵回朝救驾。

赶路

陈浩等带着部队，在大雨里急迫行进……

水缸里

营房几口水缸里，秦英浸泡杏树叶，水成了黄色的，散发出浓郁的香气。

兵将路过，闻之，不由头脑清醒，肢体轻便。

督军、帅爷路过，亦如此。

43. 大破番兵（上午　外）

帅爷和众将正在议事，二万番兵气势汹汹围住宋营。

督军、包帅及众将领请秦英指挥。秦英再三推辞不过，只好奉命行事。

秦英（对众将）说："此次战斗非同一般！我受命暂代中军之职。各位将军务必诱敌于一处，然后截断其归路，围聚而歼灭之。四不全做法时，所有将士将杏叶含在嘴里，怪兽不敢伤，风雷不能近，尔后我自作法破之。"

说完，请各队将领详查兵士人数，速派人领取杏树叶。接着又令赵飞、张强、李催各带一千人与敌拼斗，把敌军也往一马平川引去。又令欧阳彦彰、陈莉各领一万人马，截住敌人归路，聚而歼之。

秦英请督军大人、包帅及陈浩等，在对面山头上执掌战旗。根据敌人败逃动向，战旗向前向后，向左向右飘动，士兵们根据战旗的指向跟踪追杀，不使敌漏网一个。同时秦英还请书记官记好功劳，后勤官准备好庆功酒。

最后她说："这样安排是否妥当，请督军、包帅指正。"

督军和包帅完全同意秦英的安排，各将领也表示完全听从秦英的调遣和安排。

画外音：

秦英战前指挥，极大鼓舞了胜敌的信心和勇气！但是秦英将军武艺怎样，韬略如何，所言是真是假，兵将们口头敬服，但心里不免虑疑惑……

宋番两军激烈厮杀——

赵飞、张强、李催各带人往来冲杀；欧阳彦彰、陈莉二将，也带兵猛冲猛击；另外十几员战将也带人马冲杀，都往一马平川引去。宋兵且战且退，番兵节节追赶，眼看快到一马平川了。四不全在山上见了，认为宋军追杀又是灯蛾扑火自取灭亡。他哈哈大笑，说道：

"来了就好！"说完，他从身上摸出红得发亮的圈子，身子左摆右拐几下，手向天几举几挥，口里叽叽咕咕念念有词。接着，天昏地暗，日月无光，雷声隆隆，电光闪闪，飞沙走石，拳头大的雪弹子铺天盖地又向宋兵打来。

宋营中，秦英见了，轻蔑地一笑："雕虫小技，其奈我何！"

她即从身上皮鞘里抽出柳叶刀，向天上挥了挥，口里念了几句，空中突然响了几声炸雷！之后，电不闪，风不吹，沙石不飞，雪弹不落，天空复明，阳光灿烂！

四不全见道姑破了他的法术，十分恼怒。

他又从身上摸出一面镜子，绕身三转，口里念几声："变！变！变！"转眼遍地恶狼凶豹、毒蛇猛兽尽向宋兵扑去。宋兵忙将杏叶含在口里，立时香气扑鼻，金光护身，怪兽毒蟒不敢近身了。

秦英见了又微微一笑，忙从身上取出红珠子，向空中一抛，口里又念了几句话。瞬间空中一道红光落下，十变百，百变千，千变万，顿时化为熊熊烈火，尽向毒蛇猛兽及番兵烧去。一会儿，猛兽毒蛇尽成灰烬，半数番兵命丧黄泉！

山上，陈浩执红旗指向东，宋兵杀向东；红旗指向南，宋兵杀向南；番兵向西跑，红旗指向西，宋兵杀向西；番兵向北跑，红旗指向北，宋兵杀向北。番兵如瓮中之鳖，退被杀，进遇刺，躲受刀，跑挨箭。一时草木皆兵，风声鹤唳，番兵哭爹叫娘，狼奔豕突。四不全见势不妙，化装逃跑，但被陈莉快马追上，一刀砍为两段。

残余的番兵向后逃走，大队宋兵乘胜追击。

44. 力斩明坨（下午）

夕阳西下，晚霞染红了半边天。

番将明坨，身长九尺，五十多岁，虎背熊腰，圆睁双眼，凶光四射，手持鬼头大刀，勒马而立，威风凛凛，有万夫不当之勇，不愧为西夏国第一武将。

几员宋将与之交战，皆被其所杀。李卫将军上阵，使出师传"头上打，胯下击"的看家锤法，决战三十余合，也被他打落铜锤，狼狈回营。赵飞将军与他较量近五十合，仍不能胜他。陈莉、欧阳彦彰二将见状，飞马上前，换下赵飞。明坨力敌二人，刀法仍然不乱，并无半点惧怯。斗过八十余回合，不分胜败。秦英在楼上看了，与众将道："只说番将有个勇将明坨，不想原来如此了得，名不虚传！斗了这许多时，不曾折半点儿便宜。"

明坨趾高气扬，耀武扬威地喊道："宋营没有人了吗？来一个像样的比一比——"

他后面的话还未说完，宋营中一女道姑仙袂飘飘，如风飞至。她身骑龙驹马，手持偃月刀，斥责说："夸什么口，谁是英雄，谁是狗熊，比试后才知道。"

明坨仔细一看，她四十二三的人，身穿道服，面目和善，秀目中闪烁着聪敏光芒，既貌美又威武，一派不可侵犯的超然正气！不由肃然起敬，身子连连打了几个冷战："你，你，就是大破四不全的秦将军？"

秦英："是也。"问他："你准备怎么比法？"

明坨心想："她是仙人传授本领的人，必然武艺高超于我，因此不能硬比，只宜用计巧斗，出其不意智胜于她。"

于是，他说：

"你我各砍一刀，谁败谁收兵投降，永不再战。"

秦英："此话当真？决不反悔？"

明坨："当真，反悔了是牛、是猪。"

"好！"秦英说："我让你先砍！"

明坨一声："看刀！"便用千斤神力向秦英砍来。

能承受五千斤力的秦英，两手只轻轻往上一抬，"啌"的一声响，火花四溅。明坨手中的刀，差点向上飞了，他手也震麻了，人不由自主退了好几步。

他心里大惊："好大的力气呀，看来我是有些托大了！"

秦英说："该我砍了。注意，刀来了！"说完，使了泰山压顶的万钧之力，"呼"的一声砍了下去。

明坨用尽吃奶之力，也承受不了如此沉重之刀！他的刀被硬压了下去，人顿时也陷入地下几公分，脸红筋胀，汗流浃背。

秦英（笑着）说："如何？该投降了吧？"

"说得轻巧，当根灯草。"他哭笑不得爬起来，欲趁秦英不防，"投降来了！"

"呼"的一声，鬼头刀收回后，又突然从空劈砍下来。

"想诈取？卑鄙！"

明坨心怀叵测，秦英早有防备。他起身握刀时，秦英也握住手中刀了。待刀砍来落下时，秦英的刀猛力往上一抬，他的刀被震飞几丈远。他用尽了全力，人一下坐到地上。他爬起来就跑，秦英紧紧追赶，追到一处大平坝停了下来。

明坨心慌了："自己忘了师尊'别与道姑缠斗'的教诲。本来跑了就算了，可自己目中无人，妄自尊大，致使惨败。徒怨自己，天意灭我！"

画外音：明坨心慌意乱，但仍不甘心鱼死网破，还要孤注一掷，抱着起死回生的侥幸心理。

逃跑中的明坨，趁秦英追赶不防中，突然一镖向秦英打来。眼快手快的秦英，呼喝一声"来得好！"连连接了几镖，但不急于打出去。

她在瞅准最佳时间！

追赶中的秦英，握镖在手。明坨一见，心慌意乱地提防。秦英连连虚放十次，趁明坨眼花缭乱之际，突然以迅雷不及掩耳之势，"簌簌簌"五镖齐发。明坨躲闪不及，顿时，头上、左右臂、左右腿上都中了镖。威震异邦四十余年的无敌大将军，身上连中五镖，人倒身亡，血流满地。

敌猛将被杀，番兵潮水般败退，宋兵全力追赶……

45. 秦英封帅（日　内）

经督军和包帅、众将领迫切要求，皇上传旨封秦英为帅，提振三军，平番保国，早传佳音。圣旨并调王丞相回京，包拯接任督军。

宋营里大宴三天，处处欢腾。

蜷缩在孤庙的番兵元帅青青、军师尼号被抓。

番国王带着文武百官，到宋营请降……

画外音：定川之战，以宋军的全面胜利而结束，西夏攻占关中的战略目标就此破灭。宋夏交战三年，西夏在近年的战争中虽接连取胜，但自身亦伤亡近半，国力难支。西夏在此战受到重大损失的情况下，宋夏双方终于谋求妥协，双方终于签订"庆历和议"。西夏向宋称臣并取消帝号，元昊接受宋的封号，称夏国主；宋每年赐西夏绢十三万匹，银五万两，茶二万斤。宋夏关系自此趋于缓和，维持了近半个世纪的和平。

第十二集　陈浩平叛

46. 反叛会议

襄阳王府，群魔乱舞。

襄阳王："四不全军师两次作法，宋兵死伤六万多人。"他（哈哈大笑）："他再作法两次呢？宋军就彻底完蛋了，那时我们，哼！"

众人一片叫好声，鼓掌声。

襄阳王："时间已是冬月初了，过几天就是冬至。听说包黑那里接连惨败。现在朝野震动，人心惶惶。皇城御林军城防军仅只两万多人，而且这些队伍里有许多都是孤可靠的同仁、亲戚、挚友。我们一动，他们立即变孤家的人了。"

他见众人似有不信，接着讲："仁宗赵祯内忧外患，对抗我们的人究竟还有几个？孤除了能掌握的两万部队外，黑水国派出曹将军率领五千精锐也即将到达，番国派出的王丛将军，率领五千人马也要到了。皇宫里几个太监也是孤的人，他们各自掌几百上千人。如今孤家一声令下——"

他唾沫四溅，往桌上一拳，震得所有茶盅也跳了起来，茶水流得满桌都是。"然后直逼皇宫，叫赵祯让位，他不敢说个'不'字！"

他的话说得在座的人眉飞色舞，纷纷大笑起来。

襄阳王口似悬河，舌如利刃，妄自尊大，忘形之极！

"在座的，当丞相、国公、侯爷，最差也是司马、太尉，享不尽的荣华富贵，何乐而不为呢！"

一片鼓掌声、叫好声。继而，全体臣僚立即跪地欢呼"万岁"。

视自己为未来皇帝的襄阳王，趾高气扬，神气活现，微笑说道："众卿请起！"

众人起立，排班就座！

他俨如金殿天子坐朝一般！

襄阳王："朕发布第一道旨意，攻城时间是——"

此时，一官员从外入内禀道：

"陈驸马卧床不起，不能如约参加起事，但向你写了'效忠信'！今后一切遵照旨意办事，万死不辞！"说完呈上"效忠信"走了。

襄阳王（拆信看后）十分高兴："孤总算没错看这个读书人！他是孤家一手扶持起来的人啊。"

众人大笑不已。

襄阳王继续说："五天后'冬至'那天，进攻时间：凌晨四更！"

然后宣布：

"第一队都统制赵安，带五千人攻打东门；第二队统制任天，带五千人攻打西门；第三队统制钱光，带五千人打南门；第四队统制路素贞，带五千人打北门；朕带万人直逼皇宫。望各将用命，万勿有失。"

叛军将领个个摩拳擦掌，嗷嗷乱叫！

47. 襄王谋反（日　外）

冬至，凌晨四更。

皇城街道上，静悄悄的！城里到处是站岗之人。

突然间，火把照得如同白昼一般，喊叫声、砍杀声、冲锋声、脚步声响彻夜空，紧张的巷战激烈进行。到处关门闭户，街道尸横遍野，血流成河！

"襄阳王造反了！""襄阳王造反了！"

京城人人深切痛恨！不少城民自觉拿起武器，或加入抗叛队伍，或组织起来与叛军对抗，或擒坏人，或送信息，或当向导，各处抗叛热潮十分高涨。

城防官兵在钟雄、包大成、李跃夫、吴健等人的指挥下，与叛军展开生死决斗；丁达、周驰率领御林军，与叛军誓死抗争。由于叛军诡计周密，故逐渐占了优势。

48. 皇宫被围（上午　内）

襄阳王在城下喊话："宋仁宗你听着！皇祖母所生三子：匡胤、光义和光美。大伯匡胤（太祖）传位皇父光义（太宗），皇父传位于尔父真宗，尔父既非皇长子，也不是皇后所生，原本轮不上他继位的。我为先皇真宗幼弟，你不过是先皇第六子，兄终弟及在我宋朝已有先例。尔父为什么传你而不传位于我？西夏国叛乱，我奉旨征讨，得胜还朝。尔父当着群臣赞扬我'日后即位比朕强胜十倍'。既如此为什么不传我？我征讨凯旋，有功不赏，反传位于你。现在是讨还公道的时候了。今天你传位于我，万事皆休，否则攻破皇宫，玉石俱焚，鸡犬不留！"

原来真宗赵恒乃第三位皇帝，宋太宗第三子。襄阳王赵爵，乃真宗幼弟，宋仁宗的叔叔，被封为襄阳王。赵恒既非太宗的长子，也不是皇后所生，原本是轮不上他继位的。但其长兄赵元佐因叔父赵廷美之死发疯、二哥赵元僖无疾暴死，他才有幸成为太子。太宗驾崩后，赵恒遭遇了由太监王继恩和李皇后（明德皇后）共同谋划的宫廷政变，宰相吕端一力挫败政变，于同月扶立赵恒继位，是为宋真宗。次年，改年号为"咸平"。襄阳王是以与当朝庞太师及其党羽蓝骁、钟雄、邬泽，立下盟单兰谱放在冲霄楼中，并勾结江湖人士邓车、张华、马刚、马强、雷英等人，意图谋反篡位。

仁宗于是道："皇叔之言差矣！你结党营私，排斥异己，扩张私利，打击贤良。面对天灾水旱，你置庶民于不顾，做了皇帝安能顺应天下、有益庶民？父王失去了对你的信任，才传位于朕。念同是宋氏一家血脉，你快收兵认错，还有一生享不尽的荣华富贵；若顽抗到底，则只有死路一条。"说完，下楼回宫去了。

城上、城下展开了惨烈的对抗战！

49. 转危为安（日 外内）

北门。襄阳兵攻势甚猛时，陈浩带一万多雄兵及时赶到。

经过血与火的激烈战斗，叛军死伤惨重。同时，陈浩向叛军喊话：

"叛军听着，经过激烈较量，你们的人所剩不多了，我们现有五六万人。你们背叛朝廷，伙同造反，本该全家处斩，九族皆诛。但只要举义或散伙，皇上一定宽大为怀，概不追究；顽抗到底，则死路一条。不要再为叛将逆臣当替死鬼了！"

喊话一完，襄阳王的叛军散了一半；接着陈浩再次喊话，叛军又散了大半。襄阳王身边只有数百人了。

激战（上午）

城防部队与攻打东门的叛军激战。王清带兵赶到协同作战，都统制赵安被杀，余者投降了。

告急（上午）

御林军在西门正与叛军血战，展昭带援兵赶来协同作战。经过血战，活捉叛军统制任天，余者被歼。

举义（上午）

南门叛军首领统制钱光，在城防部头领劝说下举义了，并参加平叛战斗，最后在混乱中被敌箭射死。

50. 叛乱平息

攻打北门的叛军统制路素贞，不仅人长得美如天仙，武艺不凡，而且还得妖人传授"迷魂帕"，十分猖狂。

她在御林军统制钟勇、林平包围下毫无惧色，一对雌雄剑杀进杀出。展昭、王清援军赶到时，她（哈哈大笑）叫嚣道："来吧，叫你们全都有来无回！"

说完，从身上摸出"迷魂帕"向宋军边抖边叽咕。不久香气扑鼻，宋军闻者即死，一会儿死了不少人。她再次抖"迷魂帕"时，恰遇陈浩将军及时赶到，一箭射去，正射在抖帕的右手上，"迷魂帕"落在地上。她正弯腰捡帕时，又被陈浩一箭射中左手。她急忙变脸逃跑，又被王清一箭收了妖命。

北门叛军，见没有主将，当即土崩瓦解。陈浩拾起"迷魂帕"，投入火中烧了。

自此，叛乱军全部被剿灭了！

51. 襄王赐死（黄昏　外、内）

襄阳王兵败骑马逃窜，白玉堂、卢方、韩彰奉旨追拿襄阳王。白玉堂一箭射中襄阳王坐骑，襄阳王坠马被白玉堂所抓。

包公拟定罪名，天子允奏。唯襄王究是皇叔，不忍加刑，交六部九卿再议。

众议襄王叛为大逆，依太祖定律，罪无可恕，天子恻然下泪。迟了两日，众官又纷纷上奏，圣心不能违众，才下旨改为赐令襄王自尽。宫人服侍他一条白练，襄王升天，包相才去复旨。

天子降旨。襄阳王已死，以往免究，死后按散宗室例埋葬。

画外音：襄阳王下场，军民无不拍手称快。同时皇上重奖平叛兵将，诏抚烈士家属……

52. 凯旋还朝（上午　内）

画外音：陈浩年轻英俊，武艺超群，精通谋略，皇上甚爱之。他辞行时，皇上不舍！

秦帅班师回朝，百姓夹道欢呼，万人空巷！

金殿上，天子大封群臣，秦英被封为忠孝侯，其余兵将、战殁者都受封赏和抚恤！

第十三集　香莲呈本

53．金殿呈本（日　内）

外乱既平，忠孝侯于是呈本：一、秦英改名经过，请乞恢复秦香莲本名；二、参驸马陈时委十大罪状。

天子接过太监总管呈上的参本、陈时委对襄阳王的"效忠信"，览毕龙颜大怒，许多往事历历展现眼前——

镜头一：包拯复职时，太后问：

"哪些臣子提出包拯坐牢、处斩？"

仁宗："太师、襄阳王、陈时委等大臣。"

太后问："都是忠臣吗？"

仁宗："儿臣认为都是。"

太后："我看一个也不是，你要实实在在分明忠奸啊。"

镜头二：太后、皇上、公主在座闲谈中——

仁宗："陈驸马，一个勤勤恳恳，难得的好官！"

太后："什么好官，一个乱臣贼子。"

御妹："奸佞之徒，我恨死他。"

仁宗听了，"怔"了下，耳朵里时时响着母后、公主的话。

镜头三：天子向太后请安时。

太后："儿呀，你要注意陈时委，他是一个奸臣！"

御妹公主："我跟他早就不是夫妻了。"

从此，天子对陈时委才处处警觉起来。

今天看了忠孝侯的呈本、陈时委对襄阳王的"效忠信"，天子更龙颜大怒，挥手命太监总管将"呈文"和"效忠信"，都念给众臣听，看看这个人面兽心的乱臣贼子，是何等卑鄙可恨之人。

太监总管高声念呈本：

一、骗太后，骗皇上公主，实为不忠；

二、不接济，父母被饿死，实为不孝；

三、派李卫，杀父母妻儿，实为不仁；

四、施诡计，陷害王丞相，实为不义；

五、骗宝剑，害忠臣包拯，实为奸诈；

六、假平叛，骗帅骗白银，实为抢匪；

七、滥杀人，罪设"死人坑"，实为残暴；

八、效忠心，襄阳王死党，罪大恶极；

九、招武士，乱朝违法令，居心叵测；

十、苦公主，日夜夫妻泪，驸马坏透！

太监总管又念起其给襄阳王的"效忠信"：

尊敬的王爷：

您冬至起事，臣因身体欠佳，不能前来参与，万望赦罪！

臣是您的人！今后不论王爷任何旨意，臣肝脑涂地，万死不辞！敬祝王爷：早登龙位！

臣陈时委跪禀！

太监总管念完，朝堂震怒，天子气昏在龙椅上。

太监总管宣布散朝，群臣纷纷离开，少数大臣边走边议！

54. 恶人自毙（日　金殿里）

陈时委怒视忠孝侯秦香莲。

他（突然拖过侍卫手中的刀）怒火万丈地骂道："贱婆娘！贼猖妇！我死你也得死！"说完向香莲头上砍去。秦香莲眼快，手一挥，他扑了空，刀也飞陷大殿柱头上；秦香莲右手向前一伸，像抓小鸡似的将陈时委提了起来。他两手两脚在空中乱抓乱舞，狼狈极了。

此时，许多往事如昨，纷纷现于秦香莲眼前。

镜头一：美女香莲上山采菜，陈时委出现在她面前，跪下求婚，香莲不允。

镜头二，香莲持锄头上山干活，时委（跪地）发誓："娶了你，我如以后变了心，天诛地灭！"

镜头三：时委读书至深夜，香莲纺线陪伴。

镜头四：老父临终骂儿子："畜生，你娃不得好死！"

镜头五：母死时咒骂："娃娃，你没有好下场！"

镜头六：香莲卖发买棺葬亲。

镜头七：时委上京会考，庙堂菩萨面前跪地发誓："我考中后如生异心，尸首不全！"

镜头八：时委庆寿，在王丞相面前，伸手打妻、打儿、打女。

镜头九：在包拯府里，侍卫几人被打伤，秦香莲母子三人被绑，押入天牢处死。

镜头十：秦香莲被陈时委派的爪牙逼至悬崖上，痛哭……

想到此，香莲义愤填膺，恨不能一刀宰了他。

她心想："不不不，家有家规，国有国法，让朝廷按律条惩治他吧。"

于是她恨恨地怒视他一眼，右手一丢，陈时委在地上滚了几滚，爬起来，夺过侍卫手中的刀，又狠毒地向香莲头上砍去。

他举刀时，不料刀背摇动柱上的刀，刀即刻落下，不偏不倚，恰好插进他的胸口。他嘴一张，眼一鼓，刀掉落地上，几个趔趄后便倒地命绝。

香莲摘帽站立，等待皇上圣裁！

55. 包拯撞钟（上午　内）

包拯急忙跑出殿外，连连用力撞响警阳钟。

钟声响彻皇宫内外。

天子登殿，群臣上朝。

包拯急切奏道："启奏圣上，适才散朝时，陈驸马拖刀追杀忠孝侯。刀被挡开，飞陷柱上。他欲取刀追杀，拖刀时晃动庭柱，在掉落的刀下毙命，与忠孝侯无关。"

王丞相："情况属实，与忠孝侯无关。"

群臣（跪地）奏道："与忠孝侯无关。"

庞太师恨恨地看了忠孝侯一眼，摆头叹气。

少数臣子垂下了头。

天子（扫了一眼陈驸马尸体），怒骂道：

"乱臣贼子，死有余辜！"

随后便下旨："尸体午门悬挂十天，警诫后人！"

说完（向忠孝侯走去，为她戴上官帽，）说：

"卿为朕、为民胜敌、除奸，又铲除乱臣，无罪有功！朕加封你为兵马大元帅，统率本国三军！"

忠孝侯秦香莲（跪拜）：

"谢主隆恩！吾皇万岁、万岁、万万岁！"

群臣欢呼：

"圣上英明！万岁、万岁、万万岁！"

56．玉宸宫内（下午　内）

下午，贴身侍女香妮禀太后、公主：

"小人出外，听传忠孝侯秦英就是秦香莲，陈浩将军就是冬哥，陈莉将军就是春妹。早朝时，秦香莲参夫驸马、状元陈时委十大罪状。散朝时，陈驸马夺过侍卫的刀刺杀秦香莲时，刀被挡飞，陷殿里柱头上；他再夺刀杀秦香莲，晃动柱上刀落下时，正好插进他胸口上死了。"

公主："活该！本该我杀了他才是！"

太后："早该处决他了，是皇儿手软，才让他苟延残喘到今天。"

公主又夸道："忠孝侯好样的！好姐姐！"

太后："你——"

公主："女儿敬重她嘛！"说完笑了。

第十四集　香莲平辽

57．皇宫夜宴（夜　内）

皇宫里设宴，王丞相、包拯、忠孝侯参加。太师借故有病未去。

欢宴中，忠孝侯秦香莲跪地呈本奏道：

"启奏圣上，有北方的辽国，自辽兴宗武力废后亲政后，奸佞当权，政治腐败，百姓困苦。趁我朝与西夏交兵方毕，一面派其弟耶律宗元和萧惠在边境制造事端，一面派萧特末（汉名萧英）和刘六符索要瓦桥关南十县地。臣班师还朝时与包督军商议，在五千里远的宋辽往来必经之路的丽山和黄石山下、密林深处的地方，拟派李坤、赵飞各领兵二万屯住，敌来时截断归路。故臣建议，征兵十五万人，秘密训练，辽兵胆敢侵犯就消灭它。请万岁圣裁。"

天子听了，即刻答复："准卿所奏！"

忠孝侯想了想，又奏道："臣所奏一切，请圣上千万勿让太师知道。小臣怀疑他对圣上不忠。"

天子听了，思之良久，眼盯着代丞相和包卿，两大臣点了点头，于是下旨道："照准！"

画外音：自此三个月后，宋国征集十五万兵士，在密林深处紧张操练三年。

58. 太师毒计（夜　内）
晚上，太师府。

画外音：庞太师时时心事重重，饭量减少。他经常请假不上朝，唉声叹气，睡不好觉，脑子里老是想着襄阳王、陈时委。

庞吉原是个谗佞之臣。自从真宗皇帝驾崩，仁宗皇帝登了大宝，就封刘后为太后，立庞氏为皇后，庞吉为国丈加封太师。他倚国丈之势，结党专权，欺压臣僚。又与一班趋炎附势之人，结成党羽，明欺圣上年幼，暗有擅自专权之意。

他控制科考，埋没人才，将有学问、不走门路的包公，只点第二十三名，翰林无分，上任凤阳府定远县知县。他儿子国舅安乐侯庞昱，陈州克扣赈粮，中饱私囊，强抢民女，荼毒百姓。包公陈州查赈秉公执法，处死安乐侯庞昱。太师不以祸害百姓的儿子为耻闭门反省，反而找江湖人士刑吉施巫术谋害包公，多亏被南侠展昭识破，诛杀刑吉，救了包公。

"襄阳王虽与自己有隙，但在朝内总还是互相支持的。陈时委也死了，程达、吴伟跑了，刘余、尹大个、程武新、曹明勇、蒋安等先后丧命，尹福、贺福不知去向。唉，树倒猢狲散，我独力难支。我能掌握的人实在太少了，要找外援才能实现我的抱负。可是，该找谁呢？"

"对，今辽兴宗主政，一直觊觎宋国疆土。派个会番话的人去了最好。派谁去呢？想来想去，张富贵最好，他是我一手培养起来的，他去我放心。"

于是，他让传张富贵进见。

张富贵："参拜太师！"

太师："呃，富贵呀，你说本太师对你如何？"

张富贵："太师如我再生父母，待我恩重如山！"

太师："要你去办件事，好吗？"

张富贵："赴汤蹈火，万死不辞！"

太师："不要你死，是去辽国了解其君、臣对宋态度如何，番民生活怎样，人口兵将多少，现在干什么。暗暗了解，不要任何人知道，包括身边的人。懂吗？"

张富贵："懂！"

太师："丑话说在前，死也不能暴露实情。办成了，重赏；暴露了，别怪为师手下无情。"

张富贵："是！"

太师："多买些盐、布匹、粮食，一月后动身走。"

张富贵："是!"

画面大字：三年以后。

张富贵向太师汇报说：

"辽国君臣，对宋称臣、纳贡不满。其国内农牧产品丰富，经济繁荣，人口增加，正选拔兵士，练兵练武。有几次要起兵攻宋，皆被两位王爷所阻，说攻宋不是时候。"

太师听了（连连点头）："现在是时候了！再不攻宋，以后宋强大了更难攻了。我且去信告知。"

五天后。

辽兴宗看了庞太师信后，十分恐慌，派人调查也无结果回报。众大臣议论后决定动兵。国王派其弟耶律宗元为帅，贺进州为军师，萧惠为先锋，统雄兵十万，战将百员，风风火火，掠州犯境，向宋一路杀来。

59. 披挂出征（深夜　内）

画外音：急报送到，辽兵犯境。

天子得报，即与大臣商议决心一战，遂派忠孝侯为帅，雄兵二十万，战将百员，开赴前线。

60. 战前会议（通夜　内）

宋营会议。

秦帅强调，根据已掌握的敌情、山势和气候，因大雨不能过河，番兵将延缓进城，可以从容布兵。

秦帅说："辽宋之战关键有两处：一是三千里遥的丽山、黄石山，一是距之向南五十里的钟架山、二龙山。两处都有几十里长的夹沟，两边丛林覆盖。这当然是最好的伏兵地点。战略上可先派兵于两山埋伏，放敌通过，然后断其退路。关键是待敌进入山沟后，堵住退路，然后万箭齐发，放火器、扔石头，前后夹攻，力求全歼或歼其大部。所以各位要不怕疲劳和不惜伤亡代价，尽快赶到指定地点。"

众将听了，连连点头赞服。

秦师令赵飞、李卫二将各领兵一万，于丽山和黄石山的两山分别扎营，展昭领兵一万赶到两山向北五十里的山下隐蔽处，与山上左右形成三方掎角之势。敌来让其通过，待通过后立即堵住退路。只见山上烟起，箭炮倾下，三方一齐杀出。令韩琪、欧阳彦彰各领兵一万，屯住钟架山、二龙山上丛林，看山下烟起，即投箭、火药、硫磺，后拥兵杀出。又令陈莉、李催各领兵一万，在钟架山、二龙山的山下屯住，放敌进入"口袋"阵，放火为号，四方齐战，力求全歼。

61. 辽军直入（日 外）

辽国元帅耶律宗元、军师贺进州和先锋萧惠带兵十万人，浩浩荡荡向宋杀来。路过丽山、黄石山时，见沟狭长弯曲，两边丛林茂密。军师跃马报告元帅，恐遇伏兵，建议退兵为妙。

元帅（停马四顾，思索良久），说道："我兵贵神速，宋兵根本赶不到这里；再说我有雄兵十万，不用惧怕什么。"

遂不听军师劝告，下令快速进军。

62. 辽军大败（日 外）

辽军进入钟架山、二龙山时，军师见地势如此，刚要催马报告元帅时，忽然浓烟滚滚，火、箭、石块从两边丛林像潮水般泻下，辽兵顿时大乱。韩琪、欧阳彦彰、陈莉、李催四将，各领兵一万自四面杀出。辽兵如惊弓之鸟处处挨打，死伤两万余众。辽兵仓皇逃窜时，又遇宋兵、乡勇截住厮杀，又损失兵将万余人。

辽元帅耶律宗元、军师贺进州和先锋萧惠，召集残兵五万多人，回逃至丽山、黄石山口。关雄、李卫领兵杀出，秦帅又掩兵追杀，敌又折损大半，向北逃去。

63. 桥上酣战（日 外）

耶律宗元率余部向北逃去，逃至一座大桥上，被一个傻乎乎的大高个子拦住。他说：

"元帅休慌！你们歇息吧，我替你们打垮宋兵。"

说完，他手持狼牙棒，一手叉腰，双脚分立，旁若无人似地傲慢站立桥头。

宋兵潮水般向敌追去，追至桥头被傻汉所阻。

先锋赵飞（上前）说：

"壮士，请让路，我们正追歼顽敌！"

傻汉听了，不耐烦地说："这里没有什么顽敌。要过桥，可以，但是一人一块银子，有多少人照算；不拿么，嘿嘿，休想过桥。"

赵飞无论如何讲解，他都不听，还公然火辣辣地挥棒打人。李卫耐不住性子，上前与之比武，大战三十回合败下阵来。赵飞接住，力战六十回合也不能胜他。

欧阳彦彰、王清、陈莉、李催赶到围住厮杀，壮士毫无惧色，而且越战越勇，四将艰难抵挡，眼看渐渐不支。

秦帅飞马从后赶到，（笑嘻嘻）道："壮士好武艺！拜问壮士何处仙山学道？跟哪位师尊？"

壮士放眼一望，见她——

威风凛凛，英姿飒爽，不由身上汗毛竖立，人不自觉地后退几步。但他不服输的虚荣心，驱使他强硬起来：

"有钱过桥，无钱回去！看招！"

于是秦帅与他大战起来。他有力气一千五百斤、舞动铁棒，只听风声，不见人影；秦帅有力两千斤，大刀挥动，砍树树倒，劈石石碎。二人大战一百五十合，傻子终不是秦帅对手，渐渐露出败象，遂虚晃一棒，落荒而逃。

宋兵追至一座大山面前，又被一个矮子所阻。他满脸横肉，贼眼四顾，一颗红珠在左右掌中滚来滚去，根本不听兵将解释，强词夺理要元帅回话。兵将见他蛮横粗暴，担心是旁门左道，不敢贸然对战。

秦帅赶到，兵将们闪开一条路。一见来头，知是元帅，他劈头就说：

"别人败了还追，起码的人格都不要了么？"

"什么人格？带兵反叛有人格吗？"秦帅理直气壮。

"退有其真退假退，你能担保它定真退吗？还是假意投降呢？"

"好，你追！"矮子说："不过，胜得了我手中珠子再追吧！"

说完，他小声连连念了几句，后将红珠子向天上一抛，大声说道："变！"

珠子飞向天空，霎时乌云密布，浩瀚天空竟然慢慢黑了下来。耳听鞭子呼啸声声，宋营兵将们挨打的惨烈哭喊，声声撕裂人心！

秦帅心里想，师傅吩咐珠子抛向天空里变成烈火，不仅烧野兽鬼怪，还能驱黑赶浪啊。于是，她微微一笑，从怀中取出红珠子，嘴里念动真言，将珠子向天上一抛。立即，一道金光从东到西，从南到北，划过天空，烈焰滚滚。不久天空复明，一派朗朗晴天。

矮子见法术已破，恼羞成怒，嘴里又念了几句什么话，珠子一抛，惊涛骇浪，立即铺天盖地而来，涌向宋兵。

秦帅见了，笑了笑，于是又摸出怀中珠子，念动真言，将珠子向大水大浪扔去。哗啦啦几声响后，金光四射，眨眼间，大水大浪平息，宋兵即刻欢声雷动。

矮子见法术已破，转身要溜，被秦帅快马追上，巨手一伸，将矮子抓住。

"你不分是非，助纣为虐，坑害多少善良百姓，留你何用！"

秦帅挥刀刚要斩时，矮子大呼："师傅救我！师傅救我！"

64. 神仙大战（日 外）

话声刚完（天空中突然伸出一双神手），"休伤我徒儿！"

说完"呼"的一声，神速地将矮子救走了。渐渐地天空现出一个金甲神人，他不仅不责备徒儿不对，反而大骂秦帅：

"你丈夫不喜欢你，嫁了别人就是，何必扭着不放，死不要脸！"

"大师说话太没理数！他不孝爹娘，杀妻灭子，骗太后、骗皇上、骗公主，作何解释呢？"

"这——这——"

大师理屈词穷，无理瞎扯："算了，别胡闹了，快走！"

秦帅又说："陷害忠良丞相、包帅，又如何解释？这种乱臣贼子，人人得而诛之。"

"别说了！"大师吼道："你看招！"说完，挥起一棒向秦帅打去。

秦帅刚用力接住，就被压了下来，感觉对方掌力似排山倒海，绵绵不绝。才二十多回合，她已累得满头大汗，气喘吁吁了。

青风山正殿里，金霞圣母正向如来、观音、大势至菩萨虔诚念经时，忽然心灵一激，掐指一算，大惊："小徒有难!"说声"快"，拉起徒儿小英就走。

师徒驾着云头，转眼到了秦英头上。金甲神人一棒向秦英打来时，她抽剑"哐"的一声接住，两人同时各退半步。圣母顺手拉过秦英在身后避开，说：

"蜈蚣大仙，歇点火吧。"

蜈蚣大仙原想一棒打死秦英，没想到遇到对手了。他仔细打量道姑，见她不过是个十多岁的少女，身材窈窕，步履轻盈，笑容可掬，香气扑鼻，飘飘然有神仙气概，不由肃然起敬。没想到的是，她居然知道自己根底！

他低头想了很久，忽然大惊：原是青风山金霞圣母，元始天尊的徒儿。此人道行深厚，不可小视。但回头想，她法力大，可敬可畏，可自己有通天教主的阴阳宝镜，何惧之有！

于是，他手势一举："金霞圣母，你休管闲事！难道我还真怕你不成?"

顺手取出身上宝镜来，用"死"的一面对准金霞圣母师徒二人。口里念了几句什么，然后手势一举，立即黑光万丈，冲天而来。眼看圣母就要遭难……

"师妹勿慌，吾来也！"

话落人到！赤精子从如来那里听讲佛法回山，空中瞧见险情一幕。心里说：

"大宋当兴，辽寇当败。如正义之师覆灭，天下岂不乱套了！"

说时迟，那时快！他刚落下云头，即从怀中摸出太极图，对准蜈蚣大师阴阳镜，念动真言。将太极图一抖，卷在一起；提着半晌，复一抖，太极图展开，一阵风，阴阳镜被收。顷刻，傻大个、矮子、蜈蚣大仙均化灰烬。

恰巧，太上老君云游四方。他在云中窥见，降落云头，怒骂赤精子："你不念其修道艰难，无故连伤数命，可恨！"说完，遂打昏赤精子等人。

又顺手一指，红光照耀，傻大个、矮子、蜈蚣大仙，均从太极图灰烬中复原人形，慢慢苏醒过来。几人跳下太极图，向太上老君跪下：

"感谢师尊大恩大德！感谢师尊大恩大德！"

通天教主正云游四方，他慧眼瞧见，想起当年兴周灭纣万仙阵斗法落败的狼狈处境，立即怒火万丈。心想："当年大师兄羞辱我，今天抓到你的痛处，我也要羞辱羞辱你！"于是按落云头，冷嘲热讽，哈哈大笑说：

"嘿嘿，原来自持兴周灭纣有功，沾沾自喜，目空一切，妄自尊大，夸夸其谈。但是万万没想到呀，堂堂掌教师尊竟然杀掉三教协议兴宋人。所以过头话不能说，狠心事不能做，否则必遭天谴！"说完大吵大闹，扭着老君要去见师傅。

却说鸿钧老祖在道教中为众仙之祖、众圣之师，传弟子三人：老子、通天、元始。通天与元始分掌截、阐两教，两个师弟都开宗立派，门徒万千，拥有强大的势力。大徒弟老子居于玄都，显得最另类，但其修为早在混沌时期就达到了混元大罗金仙水平。除了其师鸿钧老祖，封神世界老子是当之无愧的第一人。二徒弟元始天尊执掌阐教，无数年来培养了许多优秀弟子。其中，十二位大弟子，达到了大罗金仙水平，成为仙界公认的"十二仙首"。三弟子通天教主为截教掌教。因通天教主施行有教无类的传功方略，碧游宫门下论数量远在玉虚宫之上；论质量，佼佼者比如多宝宝人、金灵圣母三霄娘娘、赵公明等个个不弱于十二仙首，综合实力尚在阐教之上。可身为大师兄的老子，从玄黄时代起无数万年过去，竟只收了一个玄都大法师弟子做门童。

鸿钧老祖收老子为亲传弟子，本意乃是由老子接替他出任掌教，负责管理门下繁杂事务。因为老子的实力在三兄弟中遥遥领先。诛仙阵老子一气化三清，论真正实力，老子一人就堪比四位混元大罗金仙！但老子很精明，早就将掌教虚名看破，名义上是掌门大弟子，实际一点掌门俗务也不愿去做，数万年一直都把绝大部分精力都放在自身修行上。对于大徒弟不听招呼，鸿钧老祖自然有几分不快。鸿钧老祖最终放过老子，关键因素还是老子本身修为非常强大。

因封神大战，元始天尊和通天教主的徒子徒孙彼此杀戮，结下无边怨仇。诛仙阵中，通天教主被老子以及三清道人（共4人）围攻。虽然通天教主神通极强，但最终还是被老子的扁拐狠打了两三下，受了伤。后通天教主又摆出万仙阵，由于初次使用，配合不是很好。再加上阐教等人的策反等因素，以及太上老君、元始天尊、接引道人、准提道人四圣以及众多阐教门人的高深法术，导致万仙阵最后失败。

太上老君作为大徒弟，本应承担半个掌门的职责，处事要公平、公正。在封神大战中，太上老君从没帮助过小师弟通天教主，反而坚定地站了元始天尊这边。这分明是挑起事端，置师傅的颜面于不顾，影响团队的和谐。元始天尊和太上老君大破万仙阵以后，通天教主却又扬言要毁天灭地，再造乾坤。天地乃是他师傅鸿钧老祖的元神，毁天灭地不就是想要杀死鸿钧老祖吗？

于是鸿钧老祖下界召集三兄弟，劝他们握手言和说："今日我与你讲明，从此解释（从此解开放下怨仇）。大徒弟，你须让过他罢。俱各归仙阙，毋得戕害生灵。"鸿钧老祖立主言和，本当劝说元始天尊与通天教主各让一步。鸿钧老祖不劝老二元始天尊，不劝老三通天教主，偏偏提老大，希望老子放通天教主一马。只因以元始天尊与阐教仙人的实力，根本奈何不了通天教主。为了能更好地管教通天教主，他赐给三个弟子每人一粒仙丹。这仙丹其实是制约他们三人的。要是再敢发生矛盾，这颗丹药就会在腹中炸裂，使其灰飞烟灭。自此，经过一场争夺战后，三教主本已各归仙阙，神、仙、佛、妖、鬼各有归位了。

当下，太上老君被通天教主一席吵闹和拉扯，羞得满面通红，肺也气炸了。明知不对，却是有错不认。

"我错在哪里？我没错，没错，没错！"

通天教主说："三教协议，大宋当兴，番邦该败。为什么不助宋、反助辽？放了不该放的贼，打了不该打的人，难道还不错吗？"

"我没错！我没错！"

"你大错！你特错！"

"冤枉好人！"

"坚持己见，死不悔改，顽固不化……"

二教主正抓吵的难分难解时，头上祥云飘动，金光护身，鸿钧老祖和二弟子元始天尊驾降尘寰。太上老君和通天教主忙进前跪迎。

太上老君未及开言，通天教主抢先说道：

"禀师傅，三教协议，大宋当兴，辽邦皆败。大师兄不助大宋，反助番兵，放走罪魁祸首傻大个、矮子和蜈蚣大仙，打伤赤精子等人。当年我违反三教协议助纣伐周，师尊罚我闭门思过百日；如今师兄犯错，还强词夺理，死不认错，又该如何处罚？"

鸿钧老祖听了，问二徒弟元始天尊说：

"孰是孰非？该如何处罚？你说说意见！"

元始天尊恭敬地回答说：

"师尊英明，一定圣裁！"

鸿钧老祖听了，默了默，然后收敛笑容，严肃地手指二人胸口。

两人立即腹痛难忍，满地滚爬，汗水长流，苦不堪言。元始天尊（跪地）哀求："求师尊宽恕他们，以后再不敢心怀忌心了。"

老祖手一指，二人腹痛停止，坐在地上喘息。

老祖态度庄重，语气十分严肃地（对太上老君）道："兴周灭纣时，你旗帜鲜明辅佐周营，屡立战功，应该夸奖赞扬。但这次不询问了解，抠打正义之人，还拒不认错，放走罪魁三人，这就大错特错了！为师罚你闭门思过十天，你服气么？"

太上老君（诚恳点头）："师尊说的是，徒儿谨记在心，永远以此为鉴，愿领师傅责罚！"

老祖（又指通天教主）说："你站在兴宋败辽立场上，旗帜鲜明，敢于抗争，应夸奖赞扬。但平心而论，你也有泄私愤，假公济私的因素，如此如何服化众生？"

通天教主满面羞愧说："师尊教导的是！徒儿再也不敢了。"

老祖说："当年你们三人各吞一粒药丸，我说过如怀异心，肚痛破裂。刚才你二人惨痛，仅是小施薄惩。今后谁再怀异心，或惨痛，或肚破而亡，再无宽恕！"

太上老君和通天教主，纷纷（磕头）认错：

"今后再也不敢了！"

"以后再也不敢了！"

老祖收敛笑容，用手指二人，二人轻松地站起来，然后又磕头拜谢：

"谢谢恩师！"

"谢谢恩师！"

老祖含笑点头，将左手伸直放平，将三个徒儿的手放在左手掌上，自己右手再放上面，谆谆教诲说："忠心掌教，坦诚对人，效忠玉皇陛下，全心服务黎民！"

三人异口同声："公心掌教，坦诚对人，效忠玉皇陛下，全心服务黎民！"

哈哈哈！哈哈哈！

笑声滚滚，震荡九天，飘向五洲四海！

笑声中，金光满地，祥云凌空，四师徒腾云而去，霎时间踪影已消逝在灿烂晚霞中！金霞圣母、秦英等俯身拜送。

65. 辽军归降（日 外、内）

金霞圣母送师祖、师尊、师伯、师叔走后，对徒儿秦英说："向敌营进攻吧！待你以后回山，将是两个人了！"说完，含笑驾祥云而去。

秦帅命令："先锋追敌，大队随后！"

众将得令，领军追敌去了。

众仙已归，宋军大胜！元帅耶律宗元、军师贺进州和先锋萧惠，率残兵向北方逃去。秦帅怀揣师傅给的宝剑、宝珠、手持无敌偃月刀，跨上龙驹马，风驰电掣追了上去，直达辽国都城。

三日后，辽国都城，高挂降旗！

辽兴宗和文武大臣，伏于路旁请罪。

秦帅敬他是一国之尊，双手扶起，又请起文武大臣，然后携国王之手，一同步入番国金殿。

金殿上，辽兴宗伏俯降阶请罪，并献上全国户籍、产量、人口、税收、降书等，保证永不侵宋。

秦帅准降，双手扶辽兴宗原位坐下，然后宣布将元帅耶律宗元、军师贺进州和先锋萧惠带至朝外。文武大臣原职不变，都由辽兴宗调遣，从此结束了宋番五年的混乱局面。

辽兴宗大宴三天，宋兵在辽都秋毫无犯！

66. 班师回朝（上午　外）

次晨，二十万大宋雄兵在辽国都城外广场集结待命。

轰轰轰！大炮连响十声，惊天动地。

秦帅发布命令："班师回朝！"

宋兵排着整齐队列，离开番都，浩浩荡荡，向宋国都城而去！

辽兴宗和文武百官欢送十里而回，宋兵与民众洒泪而别！

此战后，宋辽和好，百年未战，边疆巩固，社会安定。宋朝与辽国协议，以增加岁币为条件，维持澶渊之盟的和平协议，史称"重熙增币"。岁币支出对宋而言并非沉重负担，比起战争的军费，岁币开支无足轻重。辽国失去南下劫掠的经济诱因，也是辽宋能维持百年和平的重要因素之一。

67．恼羞成怒（下午）

秦帅班师归来，举国欢庆，张灯结彩．朝廷大臣十里相迎，百姓夹道欢呼，载歌载舞。皇上对众大臣重加褒奖，并厚待元帅耶律宗元、军师贺进州和先锋萧惠。朝廷欢宴十天。

一月后，秦帅向皇上禀报太师与辽勾结，企图谋朝篡位，证人和证物都呈皇上。

皇上看了，十分恼怒："朕给他人间少有的荣华富贵，他却野心篡位，可恨！"即命陈浩带御林军去太师府捉拿太师。

陈浩领旨走了！

68．可耻下场（下午）

庞太师："太师府被围，御林军叫喊捉我，一定是与辽联合的事被发现了。唉，败者，天意也！"

他入后堂，服毒自杀了，眼里含着泪花！

陈浩见太师已死，回朝复命去了。

第十五集　太后收女

69．大封功臣（早朝时　内）

天子早朝，群臣庭下分立两边。

天子："忠孝侯听封！"

秦香莲（伏俯金阶）："臣在！"

天子："忠孝侯秦香莲，出谋筹划，率兵御敌，智勇胜敌，凯旋还朝，功在千秋，朕封汝为忠孝王，任兵马大元帅，统领全国水陆三军。"

秦香莲："谢主隆恩！"（再拜）："吾皇万岁、万岁、万

下篇　剧本（吴志学　吴卫东）

万岁！"

画外音：

其余将士根据功劳大小，封赏不同：

陈浩、赵飞、李坤、关雄、展昭、赵杰、陈莉、李卫、欧阳彦彰、李催、张强、韩琪、杨一等封列侯，陈浩兼任御林军都统制。

王朝、马汉、张龙、赵虎、邹安、关能、周海、徐奎、杨林、王云、张彪等封为统制；百多名军官封都监、团练；为国战死的将士，家属都有丰厚的抚恤；出征兵士愿意回家的，厚偿回家，愿意留下的，待遇从优。

皇上深恩伟德，激发了举国庶民爱国热情，谱写了君爱民、民拥军的诗篇！

自此，边疆巩固，生产发展，休养生息，国强民富，四海来朝！开创了北宋近四十年的仁宗之治！

70. 太后收女（上午　内）

玉宸宫，张灯结彩，挂红披绿。

宫里，人来人往，络绎不绝。

太后、皇上、皇后、新月公主、王丞相、包副丞相、香莲和子、女及众朝臣在座。

在热烈气氛中，包副丞相宣布："太后收女仪式开始！"

忠孝王秦香莲（跪于太后膝下）："母后在上，女儿秦香莲敬母后福如东海、寿比南山，祝母后千岁、千岁、千千岁！"说完大礼参拜，伏俯母后膝下。

太后："女儿香莲，赐名金霞公主，我认下你了，女儿！"说完扶她起来，母女拥抱。

接着"金霞公主"（跪于皇兄、皇嫂膝下，参拜）说：

"小妹敬皇兄福如东海，寿比南山，江山永固，国泰民安！敬皇兄万岁、万岁、万万岁！"

又道："小妹敬皇嫂福如东海，寿比南山，千岁、千岁、千千岁！"

皇兄、皇嫂（亲切扶起），亲切称呼："御妹！"

紧接着，金霞公主与新月公主，相互大礼参拜。

二人均美貌异常，气质高雅，如一对仙凤鹤立。

双凤相拥，热泪盈眶。盛情之至，感人肺腑，后又双双笑容满面了。

接着，隆重仪式继续：

陈浩、陈莉双双跪拜皇太婆；

陈浩、陈莉双双跪拜皇舅爷；

陈浩、陈莉双双跪拜皇舅娘。

特别是陈浩、陈莉双双跪拜母亲金霞公主、新月公主时，更是激动人心！

陈浩、陈莉（跪于金霞公主、新月公主面前，大礼参拜）：

"母亲在上，儿女永远孝敬母亲，听母亲的话，照母亲吩咐办事！儿女敬母亲福如东海，寿比南山！"礼毕，跪于母亲膝下！

金霞公主、新月公主（双双扶起"儿女"，热泪盈眶）！母子女亲切之情，使人深受感动，众人赞不绝口。

在掌声与欢呼中，太后在上，皇上、皇后于太后左右。二女在下，外孙儿女在两母左右。欢乐之情，幸福之聚，按下不表！

71. 天作之合

陈浩将军，位列封侯，24岁，不仅文武全才，而且人

下篇 剧本（吴志学 吴卫东）

品俊美，是人人称颂的美公子。皇女玉叶公主，美貌贤惠，琴棋书画样样精通。

经皇上恩赐，包拯做媒，招陈浩为驸马。

大婚这天，宫里张灯结彩，锣鼓喧天。贺礼者有皇亲国戚、文武百官，宫廷里热闹极了！

在礼炮锣鼓声中，包副丞相宣布："新人入场！"

驸马身着新衣，一表人才，真如天上金童一般；玉叶公主，身着华贵衣服，浑身环佩叮咣，红绿映衬，真如天上玉女一般！

婚礼大宴中，山参海味，玉液琼浆，百碗大菜，人间少有。酒宴中，乐鼓声、欢笑声、呼拳声、行令声、猜物声、杯碗碰击声，汇成一曲情趣盎然的天然乐章！

婚礼，整整欢乐了三天！

画外音：

陈莉，二十三岁，巾帼英雄，官拜上将军，美而贤，人称"一朵花"；八贤王小儿子赵杰，学士，三十一岁，坦诚正直，英俊潇洒。在督粮交粮时，对陈莉将军产生好感，互相倾慕，感情日益增厚。班师回朝后，由包副丞相做媒，二人喜结良缘，人人赞美！

第十六集　寻找恩人

72. 宫外（晨　外）

早晨，金色的朝阳早早普照大地！

路上（上午）

沐浴着金色的阳光，大路上走来三个人：

一个是四十三四的中年妇女，一个是二十五六岁的青年男子，一个是二十二三岁的青年女子。三个人亲亲热热走着！

青年女子（边走边指点）问：“娘，就是对面山下那岩洞吗？”

青年男子（也停步瞭了瞭）：“可能是吧！”

中年女子说：“中军回报所指，就是那个地方。”（凝视几眼后）她说：“对，就是那里，应该没错，没错！”

青年女子说：“奶奶可能有七十几岁了吧。”

青年男子说：“对，我们上山下山、平番平辽，至今十八年了。她那时五十多岁，到如今，说不定头发全白，老态龙钟了。”

73. 岩洞

母子走到岩洞前停下，可竹栅栏紧紧关着。

青年男子在竹栅门上轻轻敲了几下，没有回声。再敲几下，门依然不开。

中年妇女说：“我们在这儿等等再说吧。”

于是三人随便找个地方坐下。

不久，慢慢走来一位老人，头发、胡子全白，脸上皱纹很深，穿着褴褛的衣裳。他右手拿着一把抓子，左手提着一个竹篾，竹篾里装满了充饥的野菜，一步一步走近岩洞。

来到岩洞边，见三人穿着体面，以为是来抓他的，便丢魂失魄地跪下求饶说：

“奶奶！叔叔！孃孃，我两口没干坏事，饶了我们吧！”

中年妇女（扶起老人）说："我们不是来抓人的，请放心好了。"

接着说："我叫秦香莲！"（指着男的）说："他叫冬哥，是我儿子！"（又指女的）说："他叫春妹，是我女儿。我们是来拜望一位年过七十的恩人何幺姑的。"

老人一听很高兴："你们就是当年幺姑放走的一家人么？你们逃走后，狗日的黑心萝卜陈时委，把我们一家害惨了。"

秦香莲听了，连连"啊"了几声。

老人说："她是住这里。"接着说："放你们走后，她被陈时委派人打断了脚，赶了出来，茅草房也被他派人烧了，没办法，才住这里。儿子骂了几句，也被打得一身是伤，拉走了，是生是死都不知道。"说完老人流下眼泪。

香莲惭愧地说："都是因为我们。不过吉人天相，相信你儿子会回来，你们一家会团圆的。"

老人说："那倒好呢，希望有这一天哪。"

说完（去抽开竹棚门，指里面）说："看看吧！"

香莲母子往里一望，一个穿着破烂衣衫，头发全白的老太婆正专心数着佛珠。

老人走到她面前，（拉了拉她，指着门口）说："快看看呀，是谁来看你了？"

老人向门口一看，几个穿着整齐的人站在面前。

她停止数珠，站了起来，久久注视着来人。

"你们是——"

香莲母子女三人（双膝跪下）说：

"我们是水牢里您放走的三娘母啊，今天是特来拜望恩人您的！"

何幺姑（笑笑）说："哎呀，都是过去的事了，算了。"

停了停："我随时都念阿弥陀佛保佑你们母子平安无事。"

接着，她（双手扶起香莲母子，端凳请坐）。

香莲（拉着她的手）说："不是恩人您当年救了我们，到今天，我们的骨头都怕烂了哩。"

她（笑了笑）："没什么！没什么！"

香莲告诉幺姑："陈时委骗当驸马，已经自杀了，圣上下旨尸体午门悬挂十天。"

幺姑说："黑心萝卜，没有一个有好下场的，我早断定他不得善终的。"

接着香莲简略告诉何幺姑，她们母子上山、下山、两次平番等，但没告诉封侯、封王、太后收女金霞公主的事。

何幺姑听了，（连连点头）赞许："好！好！"

最后，香莲对幺姑说："岩洞不住了，新房已为您修好了，现在就请搬家吧。"

何幺姑两口听说要住新房了，（激动得热泪盈眶，两手不停地在身上拍）道："这——这——不好吧！"

香莲说："应该！应该！"

画外音：滴水之恩，涌泉相报，应该啊！应该！

这时，从远处来了两乘轿子和十几个人。他们一到，就忙着清理这样，点数那样。

一个军官模样的人，来到岩洞前报告说：

"报告大元帅，搬吗？"

秦香莲说："搬！"兵士们忙碌去了。

香莲母子扶着恩人上了轿。

74. 新居（内）

一排排新的瓦房，雄丽向阳，窗明几净！屋外面：新地面、新水池、新鱼塘、新花草。厨房里：新灶、新锅、新碗、新筷、新桌、新凳、新桶、新柜。卧房里：新床、新椅、新帐、新被、新衣、新裤、新鞋、新袜。

香莲请两位老人正厅椅上坐着，母子三人跪下参拜，感谢恩人昔日救命之恩！

拜毕，香莲又给恩人两千两银子，特别嘱咐两个儿女说："半年一换，轮流看望，每月俸银由你两人发给。"

75. 认亲（下午　内）

香莲母子女告别恩人。正要走时，远处来了一位三十多岁的叫花子。他满脸黝黑，穿着破烂，干筋筋、瘦刮刮的。

他一进屋，就（向两位老人双膝跪下，哭着）喊道："爹！妈！我是小宝呀！"

两位老人（看了看），没错，就是儿子啊！

他们抱着儿子激动地哭了，后又笑了。

小宝说："那年陈时委派人烧我家房子，我骂了几句被他的侍从听见了，把我打得半死，然后我又充军戍边挖煤，十年才回家。返家的路上又不断患病，只好一路讨饭回来。"

他怀着感激之情说：

"感谢秦大元帅赦免！不然这辈子回不了家了，哪能今天又见父母啊！"

中军李世雄问说：

"你认识秦大元帅吗？"

小宝（摆了摆头）："不认识。听说是女的，很是英武，我知道她在哪里，一定去拜谢救命之恩！"

李世雄（笑着指秦香莲）说："这就是天下闻名的大元

帅秦英、秦香莲、金霞公主啊!"

小宝一叫,看了几眼秦大元帅!

他心想:"她面貌和善,目光炯炯,一副天然英武之气!是她,没错!没错!"

小宝立即(跪在大帅面前)诚挚地谢道:

"感激大元帅救命之恩!"

两个老人听说秦香莲就是大元帅、金霞公主、忠孝侯,是救儿命的人,赶忙也(跪下)说:"感激大元帅、忠孝侯救了我儿的性命!"

秦大帅(立即向恩人跪下):"先有你救我,我才能去救他呀,所以还是千恩万谢你们才对!"

二老说:"哪里!哪里!"

秦帅(对小宝兄弟)说:"京城离这儿不远,你就去城防军任职吧。"

小宝兄弟听了,又笑又跳地说:"好,我去!我去……"双老激动地拉着秦帅的手,热泪滚滚……

新居里,一派欢乐景象!

第十七集　双凤出家

76. 香莲辞职(早朝时)
天子早朝,群臣在场。

天子:"众卿有事早奏,无事退朝。"

忠孝侯秦香莲(伏俯金阶):

"臣奏圣上,现在国泰民安,天下太平。臣拟辞去三军元帅之职。若今后国家有事,我仍会挺身而出,恳请吾皇恩准!"

奏完（呈上辞职书，奉上三军元帅大印）。

天子（接过辞职书），内容翔实，言辞恳切，很是感动。下旨说："准奏！"

秦香莲："谢主降恩！吾皇万岁、万岁、万万岁！"

说完，她（又向众朝臣深深三鞠躬）离朝走了。

天子："殿帅府太尉和兵马大元帅缺职，众卿家议议，谁担任最好。"

朝野一片议论声！

包副丞相："陛下，驸马陈浩担任最合适。他精通兵法，武艺高强，又有指挥才能。他任三军大元帅，又兼城防司令，也是最合适的。"

群臣："陈驸马担任最合适。"

天子："还有更佳人选没有？"

朝堂上，鸦雀无声。

天子："陈驸马接旨！"

陈浩："臣婿在！"

天子："朕今日封你为三军大元帅，仍兼任城防都统制、御林军指挥使。望汝尽忠职守，体恤黎民，多立奇功，不负朕望！"

陈浩："臣婿领旨！今后定誓死效忠父皇！"

天子满意地点了点头。

画外音：陈浩肩负皇上的信任及黎民的重托，从此在任上尽忠职守，保家卫国，服务黎民，颇受天子嘉奖和群臣好评！

77. 紫墀宫

画外音：金霞公主、新月公主姐妹情深，心意相通：

"人生一世，忠孝为本，为国为民，多做善事。现在国强民富，边境巩固，太平盛世了，儿女也已长大成才。然而，荣华富贵只不过一时烟云，现在出家访师传道方是人生之乐事呀。"

双凤大摆筵席，敬请太后、皇兄、皇嫂和狄娘娘、王、包二相夫妇。

酒席中，双凤逐一盛情敬酒。

敬太后说："臣女感激母后生养之恩。祝母后福如东海，寿比南山！千岁，千岁，千千岁！"

敬皇兄酒说："臣妹的荣华富贵，全仗皇兄恩赐。臣妹敬祝皇兄江山永固，国泰民安！福如东海，寿比南山！万岁万岁，万万岁！"

敬皇嫂酒说："皇嫂贤德大度，仁爱礼义，深恩难忘。祝皇嫂千岁，千岁，千千岁！"

又向双王、包丞相夫妇分别祝寿！

送走太后、送走皇兄、皇嫂！

又送走丞相，副丞相夫妇！

只留下儿、儿媳、女、女婿等。

双凤母亲勉励他们："敬忠皇上，服务黎民，多行善事，夫妻恩爱，白头到老。"

送走儿、媳、女、女婿后，稍作休息，二人又走进书房，将书籍等摆得整整齐齐……

78. 财产充公（日 内）

该做的做了，该了的已了。

双凤无比激动，互相敬酒祝福，抚掌大笑，相约出家："看破红尘，跳出苦海，不再追求荣华富贵，走永生不灭之路！"

皇上恩赐的金银财宝一一封存，一件不要，并且一一加贴封皮，大字注明：一切献国家，一切献皇上。

79．双凤出家（上午）

次日。

早膳后，双凤素妆打扮，牵手并肩，微笑盈盈地走出门去。

出门时交待门吏："请将此物呈交圣上。"

双凤跨上龙驹马，最后看了一眼皇宫大院，静静地走了！

皇城大街小巷，楼廓庭院，高高低低，迤逦远方；城外村庄、房屋、丛林、禾苗、青山、绿水，宛如图画，美不胜收。

双凤骑马走着走着，不久，前面出现一条彩霞的金光大道，人渐渐成金色了。二人飞了起来，向远方飞去，人影渐渐消逝……

歌声由远及近，激情地响了起来：

风烟滚滚几千秋，

是非成败显真容。

忠臣良民千古赞，

奸人贼子万代羞。

权势财色不贪枉，

子孙后代个个荣。

一生爱国爱民众，

国民永远颂扬中！

（后四句）反复唱两次，一次比一次强烈、激情、有力，声荡九霄！

在激情歌声中，迭出人物表……

后　记

本剧本取材于《秦香莲》连环画（俞耀庭改编·宝文书店）和《七侠五义》（石玉昆著·海南出版社）中的一些材料，本人在此深表谢意。剧中情节乃凭空想象，是一部虚构的神话故事。人名、地名及若干情节，如有雷同或不当之处，尚希读者多多谅解。

此剧本创作虽耗时503天，十二次易稿，然限于作者水平有限，剧中不足之处甚多，敬请批评指正。

吴志学、吴卫东

2009年3月1日

下篇　剧本（吴志学　吴卫东）

379

后　记

　　丙戌仲春某日，我到绵阳参加人才招聘，闲暇与友畅游胜景仙海湖。见湖水蜿蜒，风光旖旎，宛若世外桃源，顿觉心旷神怡，诗从中来，于是写下平生第一首诗作《三赞仙海湖》，从此一发不可收。此后，或工作余暇，或出差外地，或假日旅游，我将所看、所听、所感，诉诸笔端，汇之于文。

　　我爱好文学，尤爱古诗词，这得益于父亲（笔名沸腾）的深刻影响。父亲教中学语文四十余年，诲人不倦，桃李满天下。他一生淡泊名利，常年笔耕不辍，工作之余的最大爱好就是写作。他严谨认真的写作态度给我印象最深：对一篇文章，常常是写了又改，改了又写，直至他离世前昔……今天，完成的几部小说余温犹存，斯人不在。为完成他生前的夙愿，我整理收录了他的杂文2篇、影视剧本2部（其中一部合著），也算对九泉之下父亲亡灵的一丝安慰吧。

　　中国文化博大精深，源远流长，尤其是作为中国文学高峰的唐诗宋词，不仅深深影响了我们文化生活的方方面面，而且也影响了华夏子孙的思想观、价值观、人生观。其中，我对唐诗尤为推崇，无论是律诗、古诗、绝句，还是乐府，皆尽显智者的清醒，仁者的伟岸，歌者的柔情。品读唐诗，我常惊叹李青莲之雄浑壮阔，感念杜工部之苍生忧患，流连王摩诘之如画空灵……

　　在此，特别感谢好友李静的大力支持，感谢西南民族大学王向东教授及我弟弟的热情鼓励，感谢大学校友、著名书法家刘仕洪老师百忙之中题写书名，更特别感谢川大出版社徐燕老师的辛勤指点与耐心帮助，以及编辑们长达数月的辛苦校阅与修改，感谢所有给予我关心、帮助、鼓励的众多亲友，是你们，使得本书今日终于呈现在读者面前。

　　学海无涯，艺无止境。写作于我，仅是业余所好，由于水平有限，时间仓促，书中恐有不妥之处，尚祈读者多多谅解！

吴卫东

二〇一八年四月

后
记